W0175137

Alice Haddon   Ruth Field

The Heartbreak Hotel

Dein Herz ist gebrochen,
du bist es nicht

Aus dem Englischen von Sabine Längsfeld

Rowohlt Polaris

Die englische Originalausgabe erschien 2024 unter dem Titel
«Finding Your Self at the Heartbreak Hotel» bei HarperCollins Publishers Ltd., London.

Deutsche Erstausgabe
Veröffentlicht im Rowohlt Taschenbuch Verlag, Hamburg, Mai 2024
Copyright © 2024 by Rowohlt Verlag GmbH, Hamburg
«The Heartbreak Hotel» Copyright © 2023 by The Heartbreak Hotel London Ltd.
Illustrationen © Maria Nilsson 2024
Gedicht © Ani Aladegbami 2024
Die Nutzung unserer Werke für Text- und Data-Mining
im Sinne von § 44b UrhG behalten wir uns explizit vor.
Covergestaltung HAUPTMANN & KOMPANIE Werbeagentur, Zürich
Coverabbildung Shutterstock
Satz Freight Text Pro bei Pinkuin Satz und Datentechnik, Berlin
Druck und Bindung CPI books GmbH, Leck
ISBN 978-3-499-01172-6

Für unsere Mütter –
Tessa Haddon (1938–2020)
und Kay Field

Inhalt

Die Sonne

Sie hielt sich für ein winziges Lebewesen.
Lag in der Sonne, regungslos, um sich warm zu halten, am
Leben zu bleiben.

Wanderte mit dem Licht, um nur ja nicht allein im Dunkeln
zurückzubleiben, zitternd und kalt.

Was sie dabei nicht erkannte ... in ihrer Verwirrung, in dem
Bemühen, nicht loszulassen, in ihrem Kampf, warm zu
bleiben ...

Was sie dabei nicht erkannte: Selbst ganz allein gab es in ihr
nichts Kaltes.

Denn sie war die Sonne.
Strahlend und aus unendlichen Reserven sich speisend.
Über Jahrmillionen Lebensspenderin für winzige Wesen und
alles Leben.
Und über alle Maßen mächtig.

Ani Aladegbami

Zerstörung

Wir glauben, es wäre so und so, und dann ist plötzlich alles ganz anders.

Der Moment, in dem unser Herz bricht, trifft uns mit voller Wucht, beinahe brutal. Erleben und Erkennen geschehen unmittelbar, als hätte uns jemand einen Fausthieb versetzt. Trotzdem dauert es schmerzhafte Monate, manchmal Jahre, bis wir wieder in unsere Mitte zurückgefunden und die grausame Wahrheit verarbeitet haben. Die lähmende Müdigkeit, die auf den Schlag folgt, beweist, in welchem Ausmaß wir auch körperlich leiden. Ein gebrochenes Herz wird nicht nur emotional erlebt, es wird auch physisch erfahren, ganz konkret, im und mit dem Körper. Ein Körper mit gebrochenem Herzen verliert zwischenzeitlich seine strukturelle und emotionale Stabilität, und wir werden durch alles und alle um uns herum verletzbar.

Ein gebrochenes Herz, Betrug, Täuschung, Untreue, Verrat, doppeltes Spiel, Verlassenwerden, Seitensprung ... all diese Begriffe bedeuten den Verlust von Sicherheit und die Erschütterung jener Grundüberzeugung, die die Basis intimer Beziehungen bildet – Vertrauen. Die emotionale Sicherheit, das Vertrauen in den Anschein der Dinge und die Zukunft, wie wir sie uns vorgestellt haben, ist zerstört. Der Mensch, dem wir vertraut haben, hat uns Schaden zugefügt, manchmal irreparablen Schaden, und das ist ein grauenhaftes Gefühl – wie im Schleudergang der Waschmaschine zu stecken oder als wären wir über Bord gegangen: Um uns herum tosende Wellen, wir schnappen verzweifelt nach Luft, schauen Hilfe suchend nach oben zu unserem geliebten Menschen – und dabei wird uns klar, dass er oder sie es war, der bzw. die uns ins Wasser gestoßen hat.

Dabei ist nicht nur die Beziehung an sich explodiert, sondern oft das gesamte soziale und emotionale Ökosystem, zu dem beide Partner gehörten. Freundeskreis, Herkunftsfamilien, Erlebnisse, Lieblingsorte, die gemeinsame Geschichte – alles verloren. Hilflos werden wir nicht nur von dem Menschen weggerissen, den wir liebten, sondern zugleich von dem Netzwerk aus Menschen und Orten, die uns als Paar definiert haben.

Verwirrung
Verraten
Verdammt Scham Verlorenheit
Angst Herzschmerz Gram
Enttäuscht Gedemütigt Schlaflosigkeit
Fassungslos Misstrauisch Ängstlich Betrogen
Nervosität
Zorn Erschöpft ●Panisch Leere
Unsicher Traurig Qual Eifersucht
Liebeskummer
Einsamkeit Gequält Blamiert Frustriert
Wut Zweifel Niedergedrückt
Verzweifelt Schwindel Ungeliebt Schuld Erstarrt
Wertlos Hilflosigkeit Unglaube
Verängstigt Wütend Verletzlich
Misshandelt Gereizt
Hoffnungslos

Wut, Zorn, Verwirrung, Übelkeit, Schlaflosigkeit, Nervosität, Traurigkeit, Hilflosigkeit, Angst ... das ständige Wiederkäuen und Neu-Durchleben des Geschehenen, dazu Rachefantasien oder Versöhnungsträume führen in abgrundtiefe Erschöpfung. Als wäre man auf das Rad eines Messerwerfers geschnallt und würde permanent im Kreis herumgewirbelt und mit messerscharfen Gegenständen beworfen. Kein Wunder, dass überwältigende siebenundsechzig Prozent betrogener Beziehungspartner:innen die Kriterien einer posttraumatischen Belastungsstörung erfüllen.[1] (Es gab diverse Versuche, diese Erfahrung wissenschaftlich zu benennen: posttraumatische Verbitterungsstörung[2], Post-Untreue-Belastungsstörung[3], moralische Verletzung[4].)

Verrat gilt als so abscheuliche Sünde, dass der Dichter Dante den Verräter:innen in seiner Vision der Hölle den schrecklichsten Platz zudachte – den neunten und letzten Ring. Nächster Halt: Luzifer persönlich. In diese grausame, zu Eis erstarrte Ödnis werden all diejenigen verbannt, welche diese «Sünde des Herzens» begangen haben, dazu verdammt, nie wieder die Wärme der Liebe zu spüren. Bis in alle Ewigkeit bis zum Hals im Eis festgefroren, liegen sie in grotesken Haltungen erstarrt, mit abgefrorenen Ohren, die Augen blind von eisigen Tränen der Verzweiflung. Ohne jede Hoffnung auf Gnade.

Wir lassen sie, wo sie sind.

Häufig kommt Verrat plötzlich ans Licht, ohne jede Vorwarnung, in einem katastrophalen Augenblick der Enthüllung: eine explizit sexuelle Nachricht auf einem Mobiltelefon, ein Kontoauszug, der eine verheimlichte Reise belegt, eine versehentlich falsch geschickte Textnachricht. In diesem einen Augenblick offenbaren sich alle vorausgegangenen Lügen auf einen Schlag. Erst im Rückblick wird das ganze Geflecht erkennbar. Die meisten Menschen taugen erstaunlich schlecht als Lügendetektoren (etwas, das sich versierte Ehebrecher:innen zunutze machen). Wir neigen dazu, das doppelte Spiel erst zu durchschauen, wenn wir es direkt vor Augen haben.[5] Die Erkenntnis, betrogen worden zu sein, ist nicht nur schmerzhaft, sondern auch demütigend. Außerdem lauert in der glühenden

Asche des Verrats ein weiteres schreckliches Gefühl – das Gefühl, besudelt worden zu sein. Wenn man erfährt, dass der oder die eigene Partner:in mit einem anderen Menschen Sex hatte, führt das oft dazu, sich beschmutzt zu fühlen, dreckig, wie verseucht. Wie eine zu ständigem Händewaschen getriebene Zwangsneurotikerin findet die Betrogene sich in einem teuflischen Gedankenkarussell wieder, in der Hoffnung, sich durch permanentes Grübeln von den mit dem Verrat einhergehenden Gefühlen der Demütigung, Herabwürdigung und des Missbrauchs befreien zu können.[6]

Was das Ausmaß des Verlustes betrifft, hat ein gebrochenes Herz viel mit Trauer gemeinsam, allerdings mit einem entscheidenden Unterschied. Im Gegensatz zu einem trauernden Menschen ist jemand mit gebrochenem Herzen mit dem Gefühl persönlicher Zurückweisung konfrontiert, ein Gefühl, das uns an unserer verletzlichsten Stelle trifft – jenem Ort in uns, an dem die Stimme sitzt, die flüsternd fragt: «Bin ich es wert, geliebt zu werden?» Ausgerechnet der Mensch, bei dem wir uns dafür Bestätigung holen, hat uns vermittelt, nicht liebenswert zu sein. Ein gebrochenes Herz verstößt uns an den Ort der Ungewollten und Ungeliebten, und damit geht ein Gefühl von Ohnmacht einher. Wenn wir verletzt werden, werden uralte Wunden berührt, deren Ursprung teils bis in die frühe Kindheit zurückreicht, die das Ihre zur Schmälerung unseres Selbstwertgefühls und unserer Selbstachtung beitragen. So gesehen, ist es kein Wunder, dass wir unfassbare Mengen mentaler Energie auf den Versuch verwenden, die Situation zu berichtigen und zu bannen. Wir spielen in Gedanken alle möglichen Szenarien durch, um unser Selbstwertgefühl wieder zurückzuerlangen und den Herzensbrecher – oder sie – zu bestrafen oder dazu zu bewegen, uns wieder zu lieben.

Liebe als Triebfeder ist so stark, dass sie mit dem Rauschgefühl nach dem Konsum von Kokain verglichen wurde. Liebe setzt eine

Flut von Dopamin frei, und der Verlust von Liebe kann dazu führen, dass Menschen mit gebrochenem Herzen sich verhalten wie Drogensüchtige auf der Suche nach dem nächsten Kick.[7] Wir glauben, wir wären endgültig durch mit dem Thema, bis wir plötzlich einen Knochen (oder auch Krümel) vor die Füße geworfen bekommen. Schon stehen wir wieder ganz am Anfang, greifen mit zitternden Fingern zum Autoschlüssel und fahren zu ihm oder ihr. Die Wirkung ist umso stärker, je unregelmäßiger uns die Krumen zugeworfen werden. Die schwankenden Dopaminschübe am Anfang einer Beziehung – *Er liebt mich, er liebt mich nicht* – spiegeln sich in der quälenden Dynamik eines gebrochenen Herzens wider. Eine unerwartete, spätabendliche Textnachricht, die besagt, dass sie oder er uns vermisst, schon schießt der Dopaminspiegel in die Höhe und zwingt uns dazu, uns weiter an die Hoffnung zu klammern.

In Liedern und Romanen war das gebrochene Herz schon immer Thema, nur die Wissenschaft hatte es lange ignoriert und sich stattdessen auf den Prozess des Verliebtseins konzentriert. Fehlende Orientierungshilfen seitens der Psychologie und der Wissenschaft haben dazu geführt, dass Menschen mit gebrochenem Herzen bis heute katastrophale Erfahrungen machen müssen und sich mit inakzeptablen Floskeln wie «Andere Mütter haben auch schöne Söhne/Töchter» oder «Du findest doch wieder wen» konfrontiert sehen. Das Letzte, woran jemand denkt, die oder der nach erlittenem Verrat an einem gebrochenen Herzen leidet, ist, wieder auf die Beine zu kommen oder sich neu zu verlieben, auch wenn genau das in der Menschheitsgeschichte noch nie so einfach war wie heute.

Die gesellschaftliche Revolution des Online-Datings hat eine immer temporeichere, immer oberflächlichere Herangehensweise an Liebesbeziehungen hervorgebracht. *Ashley Madison*[8], die «diskrete Datingseite für Verheiratete», zum Beispiel – Slogan «Das Leben ist kurz. Gönn dir eine Affäre» – hat weltweit geschätzt

75 Millionen Mitglieder. Monatlich werden fast 400000 neue Accounts eröffnet.[9] Dies deutet auf ein schwindelerregendes Ausmaß an Untreue in Beziehungen hin. Es besteht ein gewisser Konsens darüber, dass Untreue bei etwa einem Viertel aller Ehen und monogamen Beziehungen[10] vorkommt und als größter Indikator für das Scheitern von Beziehungen und Scheidung gilt – noch vor mangelnder Kompatibilität, Entfremdung, Sucht und Missbrauch. Die Auswirkungen reichen jedoch noch wesentlich weiter.[11]

In den Neunzigerjahren registrierten japanische Ärzte bei einigen Patient:innen, die mit Herzinfarkt in die Notaufnahme eingeliefert wurden, gewisse Anomalien. Die Symptome glichen einem Herzinfarkt, doch wiesen die Patient:innen hinsichtlich der Ursachen und der Regeneration ungewöhnliche Muster auf. Auf dem Ultraschall zeigte der Herzmuskel eine seltsame Form. Weil diese an die Gefäße erinnerte, die in Japan bei der Jagd auf Tintenfische Verwendung finden, nannte man das Phänomen Takotsubo-Syndrom (*tako* – Tintenfisch, *tsubo* – Topf).

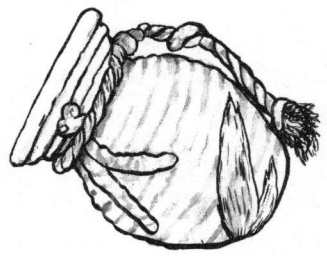

Ausgelöst durch plötzlichen, starken emotionalen Stress, zum Beispiel eine schlechte Nachricht, ein finanzielles Fiasko, ein plötzlicher Verlust, ein heftiger Streit oder auch nur eine gut gemeinte Überraschungsparty, hat das Takotsubo-Syndrom – inzwischen auch bekannt als Broken-Heart-Syndrom – keine biologische Grundursache. Die Symptome sind mit denen eines

Herzinfarkts fast identisch: Schmerzen in der Brust, Atemnot und Auffälligkeiten auf dem Elektrokardiogramm. Abgesehen von der bezeichnenden Form des Herzmuskels gibt es keinerlei physische Merkmale, keine verstopften Arterien, und im Gegensatz zum ungleich lebensbedrohlicheren Herzstillstand geschieht die Erholung ebenso spontan wie der vermeintliche Infarkt und innerhalb eines Monats.[12] Berichte über das Takotsubo-Syndrom finden sich weltweit. Jedes Jahr sind Tausende von Menschen betroffen, allein in Großbritannien entfällt es auf sieben Prozent aller Einlieferungen in die Notaufnahme.[13] Und: Etwa neunzig Prozent aller Fälle betreffen Frauen im Alter zwischen achtundfünfzig und vierundsiebzig.[14] Richtig gelesen.

Im Westen gelten die Hormone (mal wieder) als gängigste Erklärung – der Schwund von Östrogen während der Menopause, so heißt es, macht Frauen anfälliger für das Broken-Heart-Syndrom, weil die Herzmuskulatur den natürlichen Schutz vor Stress verloren hat, den das Östrogen einst bot. Doch wenn das die ganze Wahrheit wäre, sollte man meinen, die Östrogengaben im Zuge der Hormonersatztherapie während der Menopause würden das Problem aus der Welt schaffen. Dem ist aber nicht so.[15] Außerdem müssten die Fallzahlen bei Frauen ab Mitte siebzig, wo der Östrogenspiegel endgültig am niedrigsten ist, nach oben gehen. Doch auch das ist nicht der Fall.[16]

Der südkoreanische Begriff *haan* beschreibt ein Gefühl von Ungerechtigkeit und Hilflosigkeit, kombiniert mit dem starken Drang, ungelöstes Unrecht wiedergutzumachen. *Haan*-volle Erfahrungen können zu *Hwa-Byung* führen, wie es in Südkorea heißt – der «Feuererkrankheit». Klinisch identisch mit Takotsubo, aber mit erweitertem Radius, was die möglichen Ursachen betrifft, wird *Hwa-Byung* auch von Ungerechtigkeit und Vertrauensbruch verursacht, wozu auch Untreue in Beziehungen zählt.[17] In der südkoreanischen Sicht

hat *Hwa-Byung* mit der Ungleichheit der Geschlechter zu tun –
und mit der Unterdrückung der Frau. Weil sie in eng definierte
Rollen gepresst wird und nur wenig Entscheidungsfreiheit über
das eigene Leben hat, stauen sich Wut und Ärger immer weiter auf,
bis das Herz bricht. Könnte es sein, dass der lebenslange Dienst
an anderen diese Frauen in die Erschöpfung getrieben hat? Dass
allein die Tatsache, in dieser Welt als Frau zu leben, ausreicht, um
uns das Herz zu brechen?

Ein schwedisches Forschungsteam hat den Zusammenhang
zwischen Lebenserfahrung und Broken-Heart-Syndrom gründli-
cher erforscht und in seiner Studie auch Männer berücksichtigt.[18]
Das Interessante an den Ergebnissen ist, dass die Lebenserfah-
rungen von Männern und Frauen mit Broken-Heart-Syndrom beinahe deckungsgleich sind. Sowohl männliche als auch weibliche
Proband:innen sprachen davon, sich «bis ins Mark erschöpft» zu
fühlen, mit endlosen Forderungen und Pflichten konfrontiert zu
sein, sich ungerecht behandelt zu fühlen, hinsichtlich der eigenen
Bedürfnisse vernachlässigt worden zu sein und sich ständig um
andere sorgen, kümmern und sie beschützen zu müssen, ohne
die Möglichkeit, an deren Lebenssituation nachhaltig etwas verändern zu können. Hormone? Mag sein. Doch die schwedische
Studie weist auf soziokulturelle Machtstrukturen hin. Weit jenseits des endokrinen Systems liegt der systematische Verrat an
jenen mit wenig Macht durch jene an den Hebeln der Macht.

Tatsache ist, dass sich die Lebensrealität von Frauen immer
noch vor dem Hintergrund von Marginalisierung, Entmündigung,
Objektivierung und Unterwerfung abspielt. Eingebettet in die
Ökosysteme unserer Beziehungen, Familien, gesellschaftlichen
Kontexte und Kultur, finden sich tief verwurzelte Werte und Über-
zeugungen. Wenn sich herausstellt, dass gemeinsame Werte von
Gleichheit und Gerechtigkeit nur manchen, aber längst nicht allen

dienen, erleben wir nicht nur persönlichen, sondern ideologischen Verrat. Die Wurzeln der vorherrschenden Agenda reichen bis tief in unsere Seelen hinein und infiltrieren uns permanent mit verletzenden, erniedrigenden Botschaften. Wenn uns immer wieder eingeredet wird, dass wir nicht genügen, weniger wert sind oder gar keinen Wert besitzen, fangen wir irgendwann an, diese Botschaften zu glauben, und verinnerlichen sie. Und, noch schlimmer: Wir geben uns als Teil einer psychologischen Überlebensstrategie selbst die Schuld, um uns vor Kräften, die mehr Macht besitzen als wir, zu schützen.

Weltweit werden Frauen sich ihrer selbst zunehmend bewusst und sind es endgültig leid, auf eine Art und Weise definiert und behandelt zu werden, die herabsetzend, entwertend und schädlich ist. Die #MeToo-Bewegung hat gezeigt, wie viel Kraft es birgt, gemeinsam aufzustehen und öffentlich zu machen, was wir Frauen immer schon wussten – dass unser Leben kein Konsumgut ist und unser Körper niemand anderem gehört als uns.

Wenn Frauen zu hören bekommen, die Hormone wären schuld – wenn Frauen weniger Respekt und Würde zuerkannt werden als anderen – wenn die Care-Arbeit, die Frauen überall auf der Welt leisten und die für das Überleben ihrer Familien unerlässlich ist, weder durch Bezahlung noch Status gewürdigt wird – wenn Machthaber ohne unsere Einwilligung oder auch nur adäquate Beteiligung gesetzliche Entscheidungen fällen, die unseren Körper betreffen – wenn in einer Gesellschaft geschlechtsspezifische Gewalt toleriert wird – wenn Frauen, die sexuelles Fehlverhalten, Übergriffe oder Missbrauch zur Anzeige bringen, wegen Verleumdung angeklagt werden ...

... dann nennt man das Verrat.

* * *

Ruth und ich, eine Coachin und eine Psychologin, sind seit Studientagen befreundet, unsere Gespräche drehten sich im Laufe der Jahre immer wieder um das Thema Herzschmerz – Trauerfälle, Verrat, Untreue, psychische Erkrankungen, Zurückweisung, Verluste jedweder Art –, und meistens verloren wir trotz schrecklicher Dunkelheit auch unseren Humor nicht.

Wir Therapeut:innen sind nicht automatisch kompetent, was die eigene Verletzlichkeit betrifft, und das, obwohl unser Geschäft darauf fußt, anderen beim Umgang mit ihrer Verletzlichkeit zu helfen. Häufig ist es tatsächlich so, dass jemand diesen Beruf gerade deshalb ergreift, um die eigene Fragilität zu bewältigen oder gar zu vermeiden. Psychologisches Verständnis, wie es Therapeut:innen haben, trägt dazu bei, rund um eine Erfahrung die Illusion von Struktur zu erschaffen, von Verständnis und dem damit einhergehenden Gefühl von Kontrolle. Aber trotz des tröstenden Rahmens brechen Erfahrung und Verletzlichkeit immer durch.

Ärztin zu sein, bewahrt nicht vor Krankheit, und Psychologin oder Coachin zu sein, schützt nicht vor Schmerz. Auch wir kennen Gedanken wie *Darüber müsste ich jetzt langsam mal hinweg sein* oder *Das kann doch niemand mehr hören.* Wir sind beide immer wieder gegen diese inneren Stimmen zu Felde gezogen – haben immer wieder die Fahnen dafür geschwenkt, dass Verlust und ein gebrochenes Herz Zeit brauchen, viel Zeit – und haben die kulturellen und gesellschaftlichen Konventionen kritisiert, die uns sagen, wir sollen *uns gefälligst zusammenreißen und wieder auf die Füße kommen.*

Wir beide wissen sowohl aus persönlicher als auch aus beruflicher Erfahrung, dass wir, wenn es uns schlecht geht, vor allem Fürsorge und Zuwendung brauchen – Intensivpflege im wahrsten Sinne des Wortes. Außerdem brauchen wir Zeit und Raum, Verbundenheit, tiefe Empathie und Freundlichkeit. Und genau das brauchst auch du jetzt. Um dir dieses Gefühl von Sicherheit und umfassender Fürsorge zu vermitteln, haben wir uns bemüht, in diesem Buch eine Atmosphäre zu schaffen, als wärst du Teil eines unserer Retreats, zu Gast bei uns im Heartbreak Hotel, um in der Asche deines Verlusts nach Antworten zu stochern. Gemeinsam mit den anderen Frauen, die gerade bei uns sind – Nadia, Eshe, Lin, Irene und Robyn, die du bald schon kennenlernen wirst –, wollen wir erforschen, welche Schritte für dich als Nächstes anstehen. Unser Wunsch für dich, für die Frauen in diesem Buch und für alle Frauen ist, dass ihr wachsen und leuchten möget. Wir wollen dir zeigen, wie das geht.

Falls du nicht aufhören kannst, dich auf der Suche nach Bildern «der Anderen» durch sämtliche Social-Media-Kanäle zu scrollen – falls es dir nicht gelingt, deine Gefühle für den Menschen, der dir das Herz gebrochen hat, zu verändern – falls dein Freundeskreis dir zu verstehen gibt, dass niemand sich das Drama mehr anhören mag – falls du von Klangmassagen über Eisbäder und Hypnose bis zu dem Versuch, deinen Kummer in Alkohol zu ertränken oder mit Zucker zu ersticken, alles versucht hast – falls du nach ein paar zaghaften Schritten vorwärts unweigerlich ins Auge des Sturms zurückkatapultiert wirst – falls du das Gefühl hast, deine Seele läge in tausend Splitter zerschellt auf dem Fußboden – falls du dich hilflos und erschöpft und leer und verwirrt und wütend fühlst, Angst vor dem Alleinsein hast und nicht mehr weißt, wer du ohne die zerstörte Beziehung eigentlich bist – falls du tobst und rast, weil das alles so unfair ist, so ungerecht und du keinen Sinn darin erkennen kannst und trotzdem fest entschlossen bist, es immer weiter zu versuchen ...

... dann ist dieses Buch für dich.

TEIL I

Die Gegenwart

Kapitel 1

Willkommen im Heartbreak Hotel

Wir freuen uns sehr, dass du da bist.

Wir möchten dich einladen, während deines Aufenthalts bei uns deine Pflichten eine Weile ruhen und dich von uns umsorgen zu lassen. Was wir hier tun, ist sanft und gleichzeitig von großer Kraft, und auch wenn es dich womöglich etwas verunsichern mag, alles, was wir hier tun, folgt einem klaren Zweck – dich wieder mit dir selbst in Verbindung zu bringen. Auch wenn es nicht immer leicht ist – wir werden dich auffordern, dich intensiv mit deinem gebrochenen Herzen auseinanderzusetzen und neue Wege des Umgangs damit zu erproben –, am Ende wird sich der Vertrauensvorschuss, den du gerade lieferst, indem du da bist und dich in unsere Hände begibst, auszahlen. Lass dir Zeit. Setz dich nicht unter Druck. Es hat keine Eile.

Wir möchten, dass du dich in Wärme und Geborgenheit eingehüllt fühlst. Ein gebrochenes Herz ist eine traumatische Erfahrung, und wir möchten dich dazu einladen, gut für dich zu sorgen und es dir wirklich bequem zu machen. Leg dir eine weiche Decke bereit, in die du dich einkuscheln kannst, wenn du dich verletzt fühlst. Schaff dir eine Atmosphäre der Geborgenheit: Kerzenlicht, eine Duftlampe und dazu möglichst wenig Störungen. Du wirst in wenigen Augenblicken deine Gefährtinnen kennenlernen. Auch diese Frauen haben ein gebrochenes Herz. Es kann sein, dass in den Geschichten, die sie erzählen, Echos deiner eigenen Erfahrungen widerhallen. Manches wird dich womöglich mehr ansprechen als anderes. Bitte behalte dabei in Erinnerung, dass all diese Frauen unter schwierigen Umständen ihr Bestes geben, genau wie du.

Möglicherweise werden die Geschichten dieser Frauen dich aufwühlen, möglicherweise kommen beim Lesen schwierige Gefühle hoch; darin spiegeln sich deine Empathie und dein Mitgefühl. Diese Qualitäten sind für uns alle unverzichtbar, denn wenn wir uns in unserer Verletzlichkeit zeigen, gehen wir besonders tief in Verbindung, zu anderen und zu uns selbst.

Außerdem kann es passieren, dass du dich hin und wieder ausgeliefert fühlst, aber wir versichern dir eines: Wir verlangen nichts von dir, das wir nicht selbst getan haben. Indem wir auf diese Weise in Verbindung gehen, schaffen wir einen neuen Rahmen für das, was dir und den anderen Frauen möglich ist. Bleib dabei, und du wirst erleben, was geschehen kann, wenn deine individuelle Erfahrung auf die Kraft des Kollektivs trifft.

Falls du jetzt denkst: «Das klingt mir alles ein bisschen zu intensiv, und vermutlich muss ich die ganze Zeit weinen», keine Sorge. Bei uns wird viel geweint, aber es wird auch viel gelacht. Trotzdem wollen wir dir nichts vormachen. Du wirst jede Menge Taschentücher brauchen. Möglicherweise kommt viel Schmerz an die Oberfläche, aber keine Angst, Gefühle verhalten sich wie Glockenkurven. Sie steigern sich zu einem Höhepunkt und ebben wieder ab. Im Laufe der Zeit wirst du lernen, diesem Muster zu vertrauen.

Wir verzichten in unseren Retreats auf Alkohol und technische Endgeräte und laden dich ein, während du bei uns bist, das Telefon in ein anderes Zimmer zu legen und auf das Glas Wein zu verzichten. Diese Dinge dienen der Ablenkung und haben betäubende Wirkung auf unsere Gefühle. Es handelt sich um Vermeidungsstrategien, und letztlich wird Leiden durch Vermeidung verlängert. Wir möchten, dass du dich, solange du bei uns bist, in einem geschützten Raum befindest, einem Raum, wo du mit dir und den anderen sein kannst, ohne von einer Flasche Wein oder einer verstörenden Nachricht aus dem Konzept gebracht zu werden. Sperr also für eine Weile das Telefon weg und lass den Wein im Kühlschrank, damit du ganz bei deinen Gefühlen bleiben kannst und dich nicht um das Wissen und die Weisheit bringst, die darin verborgen liegen.

Bist du bereit?

Kapitel 2

Deine Geschichte

Bevor wir anfangen, möchten wir dich bitten, eine wichtige Aufgabe zu erledigen. Deinen fünf Gefährtinnen haben wir dieselbe Aufgabe mit auf den Weg gegeben. Bitte erzähl, was dir widerfahren ist. Schreib die Geschichte deines gebrochenen Herzens auf.

Gedanken und Gefühle niederzuschreiben, diente schon immer als Ventil und Mittel zur Verarbeitung schwieriger Erfahrungen.[1] Das Erlebte aus sich heraus und auf Papier zu bringen, sorgt für einen gewissen physischen Abstand, der es erlaubt, die eigene Geschichte *von außen* zu betrachten, anstatt die Erfahrung immer nur *von innen* zu sehen.[2] Es hilft dabei, deine Gedanken zu strukturieren, Klarheit über deine Gefühle und die Erfahrung selbst zu gewinnen, und schafft so die Möglichkeit zur Neubewertung. In konkreten und expliziten Formulierungen aufgeschrieben, kann sich die Beziehung zu deinem Herzschmerz verändern, weil du dich als Erzählerin deiner Erfahrung positionierst. Das Trauma des gebrochenen Herzens sorgt oft für einen permanent hohen Adrenalinspiegel, und die Erfahrung aufzuschreiben kann dabei helfen, die Qual zu verarbeiten und das System zu beruhigen.[3]

Wie du deine Geschichte formulierst, bleibt ganz dir überlassen. Es gibt keinerlei Erwartungen hinsichtlich Länge, Stil oder Anzahl von Kraftausdrücken. Uns ist bewusst, wie herausfordernd das sein kann – gut möglich, dass dir ganz plötzlich etwas sehr

Wichtiges einfällt, das stattdessen sofort erledigt werden muss! Denk daran, die Gedankenschleifen in deinem Kopf auf Papier zu bringen, sorgt für die Kontrolle und den Abstand, den du brauchst. Stell dir ein Glas Wasser mit einem Bodensatz aus Schlamm vor. Sobald du das Glas zur Hand nimmst, wird der Schlamm aufgewirbelt, und das Wasser trübt sich. Also versuchst du, es in Ruhe zu lassen, aber Weggehen löst das Problem nicht. Wenn du klares Wasser in deinem Glas haben willst, musst du den Schlamm herausbekommen, und die einzige Möglichkeit besteht darin, ihn erst aufzuwirbeln und dann herauszufiltern. Deine Geschichte aufzuschreiben, ist der erste Schritt auf deiner Reise Richtung Klarheit.

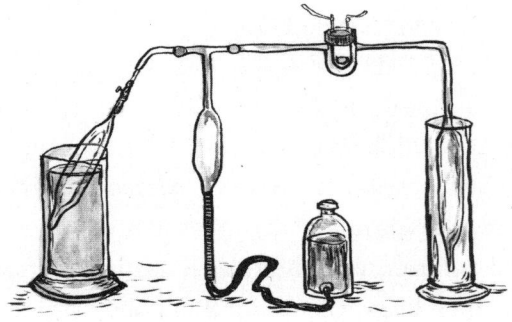

Wenn du noch nicht bereit bist, deine Geschichte aufzuschreiben, kein Problem, dann warte noch etwas damit. Und wenn du es gar nicht tun möchtest – also überhaupt nicht –, ist auch das in Ordnung. Wenn du dich aber bereit fühlst, laden wir dich ein, dich mit folgenden Fragen zu beschäftigen:

> Was ist dir zugestoßen?
> Was hat es mit dir gemacht?
> Welche Schlüsse ziehst du daraus?

Beim Schreiben, aber auch beim Lesen der Erfahrungen deiner Gefährtinnen können Dinge bei dir hochkommen; das ist normal und zu erwarten. Für den Fall, dass du dich davon überwältigt fühlst oder Verzweiflung hochkommt, möchten wir dir eine einfache, aber sehr wirksame Möglichkeit der Gefühlsregulation an die Hand geben ...

Den Anker werfen

Wenn wir den Anker werfen, ist das Erste, was wir tun, den emotionalen Sturm zu akzeptieren, der gerade in uns wütet.[4] Gleichzeitig weiten wir unser Gewahrsein auf den gegenwärtigen Moment aus, indem wir bewusst zwei oder drei Dinge in unserer Umgebung wahrnehmen: den Duft frischer Wäsche, das Geräusch von Regen auf dem Dach, die Beschaffenheit des Bodens unter unseren Füßen, ob er glatt ist oder weich.

Als Nächstes pressen wir die Fingerspitzen beider Hände aneinander, stemmen die Füße fest in den Boden, atmen mehrmals tief und langsam ein und aus ...

... *und akzeptieren, dass der Sturm gerade in uns wütet.*

Manchmal bleibt uns keine andere Wahl, als den Anker zu werfen und auszuharren, bis der Sturm vorüber ist.

Und der Sturm geht immer vorüber.

Mit der Methode des Ankerwerfens hast du eine Möglichkeit, im Verlauf der Auseinandersetzung mit diesem Buch wann immer nötig eine Atmosphäre von Sicherheit und Geborgenheit für dich zu erschaffen. Wir kommen immer dann darauf zurück, wenn wir glauben, die Methode könnte gerade hilfreich sein – diese Stellen im Buch nennen wir «Anker»-Momente. Wenn du willst, kannst du, während du dir Zeit nimmst, deine Geschichte aufzuschreiben, schon mal damit üben.

Neben Metaphern und verschiedenen Methoden zur Selbstregulation werden wir dir im Laufe der Zeit einige Meditationen vorstellen. Wir raten dir, die Anleitung ein paarmal zu lesen, dann die Augen zu schließen und zu versuchen, die einzelnen Schritte beherzt aus dem Gedächtnis nachzuvollziehen. Es spielt keine Rolle, ob du ein paar Versuche brauchst, ehe du es richtig hinbekommst; lies die Anleitung so oft wie nötig. Wir haben schließlich keine Eile.

Außerdem brauchst du Stift und Papier oder ein Tagebuch. Leg dir diese Dinge jetzt schon bereit. Wir laden dich ausdrücklich dazu ein, von Hand zu schreiben, anstatt zu tippen, weil dies den Gedankenfluss verlangsamt und dich mit deinen Gefühlen in Verbindung bringt. Außerdem bitten wir dich, ein Foto von dir als Kind herauszusuchen, am besten jünger als zehn. Das muss nicht sofort sein, aber vielleicht überlegst du schon mal, wo so ein Foto sein könnte, und deponierst es für später in deinem Tagebuch.

Nun ist es Zeit, deine Gefährtinnen kennenzulernen und zu erfahren, was sie durchgemacht haben.

Kapitel 3

Szene I

Der Verrat

NADIA Mitte zwanzig, kurz geschorenes dunkelbraunes Haar, glatte braune Haut, sie wirkt kühl und distanziert. Sie trägt einen ärmellosen Denim-Jumpsuit. Die Hände verschwinden oft in dem schwarzen Langarm-Shirt, das sie darunter trägt. Sie sitzt aufmerksam nach vorn gebeugt, wissbegierig, abwartend.

IRENE Eine lebhafte Einundsiebzigjährige. Sie hat kurze weiße Haare und trägt eine beige Strickjacke zu bequemer Jeans. Sie lacht viel und neckt schnell. Aber da ist auch Unsicherheit, als wüsste sie nicht recht, ob dies tatsächlich der richtige Ort für sie ist.

ESHE Dozentin für Sozialwissenschaften, Mitte vierzig. Sie nannte sich früher Stella, lässt sich jedoch seit Mai 2022 wieder mit ihrem Taufnamen ansprechen. Die weit auseinanderstehenden Augen sind von zahllosen Zöpfchen umrahmt. Sie trägt eine weite Baumwollbluse und spielt unablässig mit dem Kreuz an ihrer silbernen Halskette.

ROBYN In den Sechzigern. Sie trägt ein farbenfrohes langes Kleid, an den gebräunten Handgelenken klimpern Silberarmreife. Die langen weißen Haare fallen ihr offen über die Schultern. In ihrem Waschbeutel liegt eine kleine ungeöffnete Flasche Gin versteckt. Sie sagt sich, dass sie den Gin nicht trinken wird, aber griffbereit haben muss. Sie spielt mit dem Gedanken, abzureisen und zu trinken.

LIN   Ende dreißig, aufmerksam und zurückhaltend, von fast schmerzhafter Höflichkeit. Sie sitzt kerzengerade, immer ganz vorne auf der Sofakante, als würde sie heimlich danach trachten, die zu sein, die am wenigsten Platz braucht. Sie hat Angst, nicht dazuzupassen, und scheint sich in ihrer Kleidung unwohl zu fühlen; sie bewundert RUTHS grünen Jumpsuit, obwohl diese LIN erzählt, ihr Sohn habe gesagt, sie sehe aus wie Shrek.

ALICE Ende vierzig, trägt ein weites blaues Kleid. Sie strahlt ruhiges Selbstvertrauen und Freundlichkeit aus, in ihrer Gegenwart fühlen sich alle wohl.

RUTH   Mitte vierzig, trägt einen leuchtend grünen Jumpsuit. Sie erinnert, ehrlich gesagt, wirklich ein bisschen an Shrek. Sie ist fröhlich und darauf bedacht, dass alle haben, was sie brauchen.

DU   Ja, liebe Leserin, *du*. Bitte setz dich zu uns.

BEHAGLICHES WOHNZIMMER. ABEND

Ein Wohnzimmer mit zwei dunkelblauen Samtsofas, dazwischen ein niedriger Couchtisch. ALICE beugt sich vor und zündet eine große Kerze an. Im Kamin knistert ein Feuer, rechts und links davon steht je ein großer Ohrensessel. RUTH schenkt Wasser in Gläser und stellt sie auf den Tisch, geht durch den Raum, schüttelt hier und da ein Kissen auf. Leises Murmeln ertönt, gefolgt von Schritten, die Frauen betreten das Zimmer und nehmen auf den Sofas Platz. RUTH und ALICE nehmen die Ohrensessel, NADIA setzt sich links von ALICE aufs Sofa, dann setzen sich auch IRENE, ESHE, ROBYN, LIN und du. Die Frauen haben ihre Geschichten mitgebracht, und alle haben eine Decke in Griffweite.

RUTH [*Steht auf.*] Willkommen, wir freuen uns sehr, euch bei uns zu haben. Macht es euch bequem und sagt uns bitte jederzeit Bescheid, falls ihr etwas braucht. Gut möglich, dass ihr, was eure Geschichte betrifft, ein bisschen nervös seid, und das ist vollkommen in Ordnung, wir sind alle ein bisschen nervös. Wir haben uns schließlich gerade erst kennengelernt und werden gleich ziemlich viel von uns preisgeben. Ein bisschen nervös zu sein, ist also ganz normal. Es war für euch alle ein großer Schritt, eure Geschichte aufzuschreiben. Jetzt bitten wir euch, den nächsten Schritt zu tun und eure Geschichte mit einer Gruppe fast völlig fremder Frauen zu teilen. Aber wir werden einander nicht mehr lange fremd sein, das steht fest. Bevor ihr gleich der Reihe nach die Geschichte eures gebrochenen Herzens vorlest, möchte ich für uns alle die Intention formulieren, einander mitfühlend und freundlich zu begegnen, während wir die schmerzhafte Reise jeder Einzelnen begleiten. Hierzu lese ich eine Liebende-Güte-Meditation vor, die wir gemeinsam machen. In Ordnung? [*Sie lächelt, schaut die Frauen der Reihe nach an.*] Gut ... Dann los ...

Nehmt euch einen Augenblick Zeit, um zur Ruhe zu kommen, und wendet eure Aufmerksamkeit den Empfindungen in eurem Herzraum zu. Wir nehmen uns selten die Zeit, zu spüren, wie es unserem Herzen gerade geht. Ist Anspannung spürbar? Ist dort Traurigkeit? Erleichterung? Beklommenheit? Kannst du dein Herz spüren? Nehmt euch einen Augenblick Zeit, um tatsächlich zu registrieren, was gerade lebendig ist. Nicht, um darüber nachzudenken, sondern es von innen heraus zu fühlen. Während ihr das tut, stellt euch bitte alle Frauen auf der Welt vor, denen das Herz gebrochen wurde. Jede einzelne ist ein Mensch, der Gefühle erlebt wie die, die ihr eben in euch bemerkt habt. Jede dieser Frauen wurde verletzt, genau wie ihr. Jede von ihnen hat Glück erlebt, genau wie ihr. Jede war schon mal auf etwas stolz, genau wie ihr. Jede dieser Frauen hat sich wertlos gefühlt oder ungenügend, genau wie ihr. Jede von ihnen möchte glücklich sein und mit ihrem Leben zufrieden, möchte das Gefühl haben, ihr Leben hätte Bedeutung, genau wie ihr. Und jede von ihnen hat Schwierigkeiten, diese Dinge zu erreichen. Jede dieser Frauen leidet mehr, als sie möchte, genau wie ihr.

[*Pause.*]

Versucht, ein Gefühl dafür zu bekommen, wie schwer es ist, als Mensch zu leben. Mensch zu sein ist nicht leicht.

Vielleicht verspürst du ein Gefühl von Herzschmerz oder Traurigkeit, während du über die Situation nachdenkst, in der wir alle uns befinden. Hier sind wir, jede Einzelne von uns, konfrontiert mit der Frage, wie es ist, als Mensch zu leben. Gleich werden wir uns und unseren Gefährtinnen liebevolle Wünsche schenken, und während ihr mitsprecht, schaut mal, ob es möglich ist, sich mit den Empfindungen und Gefühlen in euren Herzen zu verbinden.

Möge es uns wohlergehen.
Mögen wir Freude empfinden.
Mögen wir behütet und gelassen sein.
Mögen wir uns so akzeptieren, wie wir sind.
Mögen wir uns selbst mit Güte begegnen.

[*Pause.*]

Ist es euch möglich, jetzt, in diesem Augenblick, zu spüren, dass es etwas gibt, das größer ist als euer gebrochenes Herz? Wenn ihr das nächste Mal Schmerz verspürt, könnt ihr damit üben, euch diese Wünsche für euch selbst und eure Gefährtinnen ins Gedächtnis zu rufen. Nehmt euch jetzt einen Augenblick Zeit, um anzuerkennen, dass ihr gerade etwas sehr Intelligentes und Mitfühlendes getan habt, für euch und für alle anderen Frauen.

Ihr werdet jetzt der Reihe nach eure Geschichte vorlesen, und wir hören euch aufmerksam zu, ohne zu urteilen und ohne zu kommentieren. Nadia?

[*Die Frauen setzen sich zurecht.*]

NADIA [*Trinkt einen Schluck Wasser, die Hände zittern, sie steht auf,*
  setzt sich wieder hin.] Ich wusste nicht, wie ich meine Geschichte schreiben soll, deshalb habe ich nur auf einige der
  vorgeschlagenen Fragen geantwortet. Die Reihenfolge ist
  auch anders geworden. Ist das okay?

ALICE Wie auch immer du es geschrieben hast, es ist genau richtig so.

NADIA Also gut, los geht's ... [*Sie räuspert sich, die Blätter in ih-*
  ren Händen zittern.] Ich lernte Aanya vor zwei Jahren auf
  der Hochzeit einer Freundin kennen. Sie stand vor dem
  Spiegel im Waschraum und versuchte selbstvergessen, einen Mohnsamen zwischen den Zähnen rauszukriegen. Ich
  musste lächeln, als ich sie sah. Später stand ich an der Bar
  und unterhielt mich mit einer Freundin darüber, wie toll
  das Essen war, als Aanya plötzlich neben uns stand und
  uns erklärte, dass die Hitze die ätherischen Öle aus den
  Curry-Blättern löst und das den Geschmack intensivieren
  würde, und ich dachte: Wow, ist die klug. Bald erfuhr ich,
  dass sie Chemielaborantin und von Wissenschaft beses-
  sen war; ganz anders als ich. Ich liebte es, ihr zuzuhören,
  wenn sie über chemische Verbindungen und Derivate und
  Oszilloskope und all solche Dinge redete. Und wie gern
  sie darüber redete. Ich bat sie noch am selben Abend um
  ihre Telefonnummer, glücklicherweise beruhte die Anzie-
  hung auf Gegenseitigkeit. Weil ich als Kind nie lang am selben Ort gelebt habe, passte ich mich schnell an ihre Welt
  an. Das kann ich gut. Schon ein halbes Jahr später zog ich
  bei ihr ein, eine Wohnung mit Blick auf die Themse, und
  sie fragte mich, ob ich sie heiraten will. Natürlich sagte ich

Ja! Ich war bis über beide Ohren verliebt. Meine Mutter bestellte Seide aus Assam für mein Kleid, und alle freuten sich für mich.

[*Pause.*]

Kurz darauf wurde Aanya – es macht mich immer noch traurig, ihren Namen zu schreiben – befördert und für ein halbes Jahr nach Barcelona geschickt. Ich freute mich für sie und fand es toll zu reisen, um sie zu besuchen – das war es auch, eine Zeit lang. Aber eines Tages rief sie aus Spanien an, um mir zu sagen, dass sie das mit der Heirat nicht durchziehen könne. Für mich kam das völlig aus dem Nichts. Ich war zum Telefonieren aufgestanden – als sie das sagte, sank ich zu Boden. Meine Knie gaben einfach nach. Mir blieb die Luft weg. So, als hätte mir jemand in den Magen geboxt. Ich weiß noch, wie ich nach der Tischkante griff, um mich zu stützen. Der Tisch war ein Hochzeitsgeschenk meiner Tante. Er war an dem Tag geliefert worden und steckte noch in der Plastikverpackung – und ich erinnere mich daran, wie mich trotz allem der Gedanke traf, dass ich den Tisch jetzt zurückgeben und erklären musste, warum. Als ich endlich meine Stimme wiederfand, klang sie völlig fremd, wie die einer anderen. Ich zitterte und schlotterte und sprach viel zu schnell. Was ich sagte, weiß ich nicht mehr. Mein Mund war wie ausgetrocknet. Aanya klang kühl und distanziert; ich erkannte sie gar nicht mehr wieder. Ich verstand nicht, weshalb sie das tat … Aber sie wollte nicht darüber sprechen; der Anruf dauerte nicht lange, sie verabschiedete sich sehr abrupt …

[*Pause.*]

Dann fing das mit den Nachrichten an. Ich wollte wissen, was passiert war, bekniete sie, nach Hause zu kommen, warf ihr an den Kopf, verrückt geworden zu sein, das alles plötzlich wegzuwerfen, flehte sie an, wenigstens ans Telefon zu gehen. Ich schrieb, alles würde gut, wenn wir uns nur erst wiedersehen würden. Ich war überzeugt, wenn ich einfach weitermachte wie immer, würde das alles nicht wirklich passieren. Sie antwortete auf keine meiner Nachrichten.

[*Pause.*]

Ich sprach mit meinen Cousinen und Freundinnen. Eine von ihnen bot mir an, Aanya anzurufen und mit ihr zu reden, aber das war dann gar nicht mehr nötig. Eine Woche später kam sie nach Hause und erzählte mir noch in der Sekunde, als sie den Fuß über die Türschwelle setzte, sie hätte eine andere Frau kennengelernt. Ich fragte, ob Aanya sie lieben würde, und sie meinte, ja, sie glaube, schon. Ich fragte, ob sie mit ihr geschlafen hätte, und sie gab es zu. Ich fragte, ob sie mich noch lieben würde, und sie meinte, ja, wahrscheinlich schon, aber sie fühle sich eingeengt. Sie versuchte nicht, mich zu trösten, obwohl ich weinte und sie anflehte, uns noch eine Chance zu geben. Egal, welche Frage ich ihr stellte, ihre Antwort war immer dieselbe: Es ist vorbei. Sie sagte es immer und immer wieder. Irgendwann fiel ich vor ihr auf die Knie, klammerte mich an ihr Bein und flehte sie an, noch einmal darüber nachzudenken, aber sie schüttelte mich ab wie einen lästigen Köter. [*NADIAS Unterlippe zittert, die Wangen sind tränennass, LIN reicht ihr die Taschentücher.*]

[*Pause.*]

Ich komme nicht vom Fleck. Ich drehe mich im Kreis, führe mit meiner Familie und meinen Freundinnen und mit allen bei der Arbeit, die es hören wollen, immer wieder dasselbe Gespräch und bekomme trotzdem einfach keine Klarheit. Alle sagen, wenn sie mich so behandelt, bin ich ohne sie besser dran, aber dann rege ich mich nur noch mehr auf. Ich wusste immer schon, dass sie unbeirrbar und manchmal egoistisch ist, aber das war für mich eher was Positives. Ich habe sie dafür geliebt. Ich kann nicht fassen, dass sie mich einfach fallen gelassen und mit diesen ganzen unbeantworteten Fragen allein gelassen hat. Ich fühle mich völlig leer. Im Job habe ich Schwierigkeiten, mich zu konzentrieren, weil ich an nichts anderes denken kann als an die andere Frau. Inzwischen weiß ich, dass sie eine Kollegin von Aanya ist. Sie ist auf eine Weise schön, mit der ich nicht mithalten kann. Ich kann nicht aufhören, mich durch ihre Social-Media-Profile zu scrollen; es killt mich, trotzdem mache ich weiter. Ich kann nicht schlafen. Ich habe Albträume, in denen ich sie beide umbringe. Wenn ich dann schweißgebadet aufwache, bricht mir jedes Mal wieder das Herz, sobald mir bewusst wird, dass sie beide noch am Leben sind – und wahrscheinlich gerade zusammen im Bett. [*Lacht durch die Tränen hindurch, zieht sich in die Sofaecke zurück, nimmt die Füße hoch, umarmt die Knie. RUTH legt ihr eine Decke um die Schultern. Einen Augenblick ist es still, während die Anwesenden das*

Gehörte auf sich wirken lassen. Dann nickt ALICE IRENE zu.]

IRENE   Oh, ach so. Jetzt bin ich dran. Also gut. Okay ... Zwei Jahre nach dem Tod meines Ehemanns Stan ließ ich mich von meiner Freundin Claire dazu überreden, mich bei einem Datingportal anzumelden. Eine Woche vor meinem siebzigsten Geburtstag kam sie abends zu mir, um mir dabei zu helfen, mein Profil einzurichten. Es war eine Datingseite speziell für verwitwete Menschen, und das macht es im Rückblick betrachtet noch schlimmer. Wir tranken Cola Rum, damit ich ein bisschen lockerer wurde, und ich kramte sogar einen uralten roten Lippenstift aus der Schublade, den ich seit meiner Ausbildung zur Krankenschwester mit Anfang zwanzig nicht mehr benutzt hatte. Wir schrieben meinen Lebenslauf und kicherten dabei wie zwei Teenagerinnen. Als sie ging, hatte ich drei Cola Rum intus, aber ich weiß noch, wie ich im Spiegel meinen roten Mund bewunderte und mich fragte, warum ich den Lippenstift während der Zeit mit Stan nie getragen hatte. Ich fand es seltsam, dass er fast fünfzig Jahre in der Schublade gelegen hatte und trotzdem noch so kräftig war. Am nächsten Tag hatte ich die Dating-Website schon fast wieder vergessen – ich hatte mich eigentlich nur darauf eingelassen, um Claire einen Gefallen zu tun. Mir fiel das Ganze erst wieder ein, als wir uns eine Woche später trafen und sie mich fragte, ob ich irgendwas gehört hätte. Kurz darauf kam Daniels erste Nachricht. Wir verstanden uns auf Anhieb. Er stellte unglaublich viele Fragen – ich konnte mich nicht erinnern, schon mal so viel gefragt worden zu sein –, und ich fühlte mich von seinem Interesse geschmeichelt.

Ich fasste Vertrauen zu ihm, erzählte ihm Dinge, die ich nicht mal meinem Mann erzählt hatte. Inzwischen fühlt es sich an, als hätte ich die Erinnerung an Stan verraten.

[*Pause.*]

Daniel nannte mich «Reeny», und dann schlug jedes Mal mein Herz schneller. Wenn wir uns auf FaceTime verabredeten, malte ich mir vorher die Lippen an, wie ein dummes Mädchen. Er erzählte mir, er würde vor Schottland auf einer Bohrinsel arbeiten, und Claire schaute für mich nach, ob es die wirklich gab. Nach ein paar Wochen mit täglichen Telefonaten und unzähligen Nachrichten erzählte er mir, sein Bruder hätte auf der Bohrinsel einen schweren Unfall gehabt und sich die Beine gebrochen. Er sagte, die Lage sei verzweifelt und sein Bruder wäre völlig abgebrannt, also bot ich ihm meine Hilfe an. Wie sich rausstellte, brauchte er 20000 Pfund, und Daniel sagte, er würde mir das Geld zurückgeben, sobald er ausbezahlt worden wäre. Er schickte mir sogar das Foto einer bald fälligen Rechnung und eins von den zertrümmerten Beinen seines Bruders.

[*Pause.*]

Als ich Claire davon erzählte, fing sie an, mich mit Fragen zu löchern. Wann wir uns endlich kennenlernen würden? Warum er ständig sagte, dass er von dort nicht wegkönne? Sie meinte, normalerweise gäbe es auf einer Bohrinsel lange Freizeitblöcke, warum das bei ihm nicht so wäre? Als ich Daniel dasselbe fragte, weil ich es kaum noch erwarten konnte, ihn endlich persönlich kennenzulernen, sagte er plötzlich, er würde mich in drei Tagen besuchen kommen. Ich war völlig aus dem Häuschen. Ich kaufte mir was Neues zum Anziehen und ging zum Metzger, um *Haggis* zu kaufen – ich hatte keine Ahnung, wie man das zubereitet, aber er hatte mal erwähnt, dass er gern *Haggis* isst. Ich war so nervös, dass ich nichts runterbekam, ich lief rastlos in der Wohnung rum, verrückte Möbel, malte mir die Lippen an und wischte den Lippenstift wieder ab. Heute schäme ich mich dafür, dass ich so dumm gewesen bin, wie ein verknalltes Schulmädchen. [*Sie legt sich die Hand auf die Brust, hebt Bestätigung suchend den Blick. Die Frauen nicken ihr aufmunternd zu.*] Aber als es dann an der Haustür klingelte und ich ihm öffnete, war sofort alles gut. Er war groß, kräftig gebaut und attraktiv, mit einem strahlenden Lächeln und gesunden weißen Zähnen. Das völlige Gegenteil von Stan, der war eher gedrungen und hatte schon immer schütteres Haar. Daniel zog mich in seine Arme, drückte mich an sich, und alles war sofort ganz leicht zwischen uns. Nach so langer Zeit allein war es schön, ihn bei mir zu haben. Heute komme ich mir wie eine Idiotin vor, weil es durchaus Anzeichen gab. Jetzt sehe ich sie in Neonschrift vor mir aufblinken, aber damals nicht. Er schaute ständig auf sein Telefon und wirkte von den vielen Nachrichten eindeutig abgelenkt.

[*Pause.*]

Er sagte, es wäre sein Bruder, aber inzwischen ist mir klar, dass er mit anderen Frauen schrieb, wie viele es waren, weiß ich nicht. Am Ende konnte er nur eine Nacht bleiben,

was ich damals romantisch fand. Er war für eine einzige
Nacht aus Schottland gekommen, nur um mich zu sehen.
Heute frage ich mich, ob er überhaupt je in Schottland
war. Am nächsten Morgen tranken wir den Tee im Bett,
er schaute wieder auf sein Telefon und wurde nervös. Es
gab neue Schwierigkeiten mit seinem Bruder. Er brauchte
eine neue OP und noch mehr Geld. Ich war immer noch
so selig von der Nacht zuvor, ich hätte ihm das Haus über-
schrieben, wenn er mich darum gebeten hätte. Er hatte
Tränen in den Augen, was blieb mir da anderes übrig? Natürlich bot ich ihm an einzuspringen. Ehe er ging, gab er
mir klare Anweisungen, was ich der Bank erzählen sollte,
wenn ich hinging, um das Geld zu überweisen – dass ich
gerade mein Haus renovierte. So würde die zweite große
Summe innerhalb kurzer Zeit keine Fragen aufwerfen. Ich
tat genau, was er gesagt hatte. Aber die Bank machte Probleme und stellte mir unangenehme Fragen, und schließlich sagte ich, worum es wirklich ging.

[*Pause.*]

Ich rief Daniel an, um ihm zu sagen, was passiert war. Er
reagierte gereizt und wollte, dass ich den genauen Wort-
laut dessen wiederholte, was ich der Bank gesagt hatte.
Ich sagte, ich wüsste nicht, weshalb ich in Bezug auf seinen Bruder nicht offen sein sollte, dafür würde man doch
Verständnis haben. In dem Moment veränderte er sich. Er
wurde wütend, schrie mich an, nannte mich eine dumme Schlampe. So was hat in meinem ganzen Leben noch
niemand zu mir gesagt. Ich stand unter Schock, zitterte
am ganzen Leib, und dann fing ich an zu weinen. Er leg-

te einfach auf. Ich wusste nicht, was ich tun sollte. Ich war völlig außer mir und durcheinander. Ich muss zu meiner Schande gestehen, dass ich mich ins Bett verkroch und in den Schlaf weinte und hoffte, nie wieder aufzuwachen. Ein paar Tage später meldete sich die Polizei bei mir. Sie stellten jede Menge Fragen und sagten, sie wären einer Betrugsmasche auf der Spur. Wie sich rausstellte, war Daniel ein Hochstapler und Teil einer viel größeren kriminellen Vereinigung. In dem Moment sah ich rot und pfefferte den dämlichen Lippenstift an die Wand. Ich rief ihn immer wieder an, verlangte eine Erklärung, aber er war wie vom Erdboden verschluckt. Natürlich!

Schließlich musste ich die Sache meiner Tochter beichten. Ich hatte versucht, es von ihr fernzuhalten, aber sie merkte, dass mit mir was nicht stimmte. Sie war auch diejenige, die dieses Retreat ausfindig gemacht hat und meinte, das würde mir guttun. Sie ist so lieb zu mir, und ich frage mich manchmal, ob ich das überhaupt verdient habe. Meine Söhne sind Mitte dreißig und Mitte vierzig und leben in Australien ihr eigenes Leben. Ich bringe es nicht über mich, ihnen zu erzählen, was passiert ist. Sie würden mich für naiv und dumm halten. Und das bin ich ja auch. Ich hätte ihm niemals vertrauen dürfen. Ich wollte eigentlich eine Zeit lang zu meinen Söhnen reisen, sie besuchen und meine Enkelkinder näher kennenlernen. Ich hatte die Idee, Daniel mitzunehmen. Was war ich nur für eine dumme Kuh! Ich kann nicht fassen, dass mir ein Mann, den ich nur ein paar Monate lang online kannte und nur ein einziges Mal getroffen habe, das Herz schlimmer brechen konnte als der Tod meines lieben Stan. Es tut mir so leid.

[Sie hebt den Blick, schlägt die Hände vors Gesicht und fängt an zu weinen. Es ist still im Raum, alle Blicke sind auf IRENE gerichtet. ALICE wendet sich ESHE zu.]

ESHE   *[Räuspert sich, spielt mit dem silbernen Kreuz an ihrer Kette.]* Oh Mann, das ist echt hart, also … Wir lernten uns online kennen und verabredeten uns schließlich in einer Bar, wo er, das war gleich offensichtlich, Stammgast war; im Rückblick betrachtet, war das schon ein Hinweis darauf, was für ein Mensch er wirklich ist. Aber ich war schüchtern und unerfahren und hatte mit 35 das Gefühl, ich müsste mich endlich ranhalten. Er war umwerfend, und ich konnte nicht fassen, wie rein unsere Verbindung sich anfühlte. So schön, so stimmig. In der ersten Zeit war er großzügig, aber wie sich rausstellte, hatte er nicht viel Geld, und das wenige, das er hatte, hielt nie sehr lange. Nach einer Weile hörte er auf, selbst zu bezahlen, behauptete immer, ein unzuverlässiger Freund würde ihm Geld schulden. Für mich spielte es keine Rolle, es ging ja immer nur um Kleinigkeiten, Kinokarten oder ein Kotelett in seinem Lieblings-Diner. Damals war mir gar nicht klar, dass ich keinen seiner Freunde je getroffen hatte. Da waren nur er und ich in einer Blase, die sich durch nichts zerplatzen ließ. Ich war überglücklich, als er zu mir in die Kirchengemeinde kam und meinen Pastor kennenlernte, und schon sechs Wochen nach unserem ersten Treffen kniete er vor allen Leuten im Diner vor mir nieder und machte mir einen Heiratsantrag. Ich dachte, ich müsste sterben vor Glück, als er mich fragte, aber dann wurde alles sehr schnell ganz anders. Innerhalb von sechs Monaten waren wir verheiratet, und ich wurde fast sofort schwanger, und da zeigten sich die ersten Risse. Er blieb abends immer länger aus und zahlte kein Geld mehr auf unser gemeinsames Konto. Außerdem belog er mich, was seine Arbeit betraf. Er sagte, er hätte Spätschicht, obwohl er in Wirklichkeit in der Kneipe war. Er fährt Taxi, deshalb fiel mir das lange nicht auf. Wenn er dann nach Hause kam, ging er auf mich los, weil er wollte, dass ich mehr im Haushalt machte oder mir endlich einen besseren Job suchte und mehr Geld nach Hause brachte. Als ich mit unserem zweiten Kind schwanger war, gab es eine Ausschreibung zur Abteilungsleiterin, und weil ich nicht glaubte, das stemmen zu können, sagte ich zu ihm, dass ich mich nicht darauf bewerben würde. Er reagierte wenig unterstützend. Obwohl er abends oft spät nach Hause kam und offensichtlich kein Interesse mehr an mir hatte, sehnte ich mich nach seinen Berührungen und tat alles, was ich konnte, um die Wärme von früher wieder zu uns zurückzuholen, aber er ließ mich völlig im Regen stehen. Sein Umgang mit den Kindern war dagegen immer liebevoll, er lachte und spielte mit ihnen, aber in dem Moment, in dem ich versuchte mitzumachen, änderte sich schlagartig seine Stimmung. Wir hatten immer noch Sex, aber es wurde immer schaler und lief nur noch zu seinen Bedingungen. Hinterher lag ich oft da und weinte. Ich war fassungslos, dass dieser intime, wunderschöne Akt, der uns einander am Anfang so nahe gebracht hatte, so hohl und leer geworden war. Er hatte eine angeberische Art an sich und prahlte vor mir gern damit, dass sich andere Frauen für ihn interessierten und er jede haben konnte, und ich glaubte ihm. Ich bekam Angst, ihn zu verlieren. Ich wurde den Gedanken nicht los, dass ich der Grund für diese Veränderung in ihm war. Dass alles meine Schuld war. Dass mit mir was nicht stimmte und er mich deshalb so behandelte. Dass ich vielleicht für etwas Schlimmes bestraft wurde, von dem ich nicht mehr wusste, dass ich es getan hatte – und ich flehte Gott um Gnade an ...

[*Pause.*]

Direkt nach der Geburt unseres dritten Kindes starb mein Vater, und ich weiß noch, dass sich schreckliche Angst in meine Trauer mischte. Ich hatte Angst, dass jemand ihn mir wegnehmen würde, wenn ich nach Johannesburg flog und ihn mit den zwei Großen allein ließ. Dann, kurz nach meiner Rückkehr, vibrierte sein Telefon, er war gerade in der Küche. Ich weiß selbst nicht, warum ich nachschauen ging, aber ich tat es, und dann konnte ich es nicht mehr aus der Hand legen. Es gab jede Menge eindeutig sexuelle Nachrichten von Frauen mit Namen wie Kitten oder Cupcake. Als er kurz darauf ins Zimmer kam, sah ich ihn fassungslos an. Er erzählte mir von seiner schrecklichen Einsamkeit, wie unbedeutend er sich fühlte und dass ich ihm das Gefühl gegeben hätte, klein zu sein. Deshalb hätte er online Trost gesucht – aber auch nicht mehr. In dem Moment wirkte er so verletzlich, fast wie ein Kind, und er tat mir leid. Ich verzieh ihm, ich hielt ihn tröstend in den Armen, während er weinte. Dabei betete ich die ganze Zeit, dass die Kinder nicht aufwachten. Er versprach, sich Hilfe zu suchen – und als wir uns in der Nacht liebten, war er so zärtlich wie früher. Ich war voller Hoffnung, dass es von da an besser würde. Er sagte, er wolle zur Beichte gehen, und versprach, eine Therapie zu machen, aber er tat es nicht und gab das Geld, das ich ihm für seine Therapie-

stunden gab, für Drogen aus und für Sex in seinem Taxi –
und dann steckte er mich mit was an. Als ich zum Arzt
ging und mir klar wurde, dass ich es nur von ihm haben
konnte, schämte ich mich in Grund und Boden ... An dem
Tag ist etwas in mir kaputtgegangen. In mir kochte riesige Wut hoch, ich warf all seine Sachen aus dem Haus und
drohte damit, ihn vor allen Leuten bloßzustellen.

[*Pause.*]

Seitdem ist er sehr, sehr oft bei mir gewesen und hat mich
angefleht, ihm zu verzeihen. Manchmal weint er. Manchmal bringt er mir Geschenke mit. Beim letzten Mal schenkte er mir einen kleinen Strauß gelbe Fresien, die mich an
meine Heimat erinnerten. Aber sie rochen sauer, wie ver-
gorener Messwein, und ich warf sie auf den Müll. Ich bin
ständig nervös und den Tränen nahe. Ich fühle mich wie
ein Zelt mit gebrochener Mittelstange, um mich herum
flattert alles ungebändigt herum. Jetzt sitze ich da, vor
dem Scherbenhaufen unseres gemeinsamen Lebens, muss
mich um drei Kinder kümmern und dabei in Vollzeit arbeiten. Das Schlimmste daran ist, dass ich ihn immer noch
liebe. Ich fühle mich deshalb verwirrt und armselig. Wie
kann ich so einen Mann lieben? Aber die Kinder brauchen
ihren Vater, und ich schaffe das einfach nicht allein.

[*ESHE faltet ihre Geschichte zusammen, legt die Blätter in
ihr Tagebuch, hebt den Blick. Sie nickt schüchtern, versucht,
sich zu sammeln. Schließlich nickt ALICE ROBYN zu.*]

ROBYN Anfang letzten Jahres wurde bei mir Multiple Sklerose
diagnostiziert, und zwei Monate später verkündete mein
Mann nach achtundzwanzig Jahren Ehe, er würde mich
verlassen, weil ich «öde und ein Krüppel» wäre. Am Anfang dachte ich noch, das wäre nur ein schlechter Witz,
weil er manchmal tatsächlich so sein kann. Aber als mir
klar wurde, dass er es ernst meinte, war mein nächster Gedanke: «Er hat jemanden kennengelernt.» Als ich ihn zur
Rede stellte, schwor er Stein auf Bein, dass es niemanden
gäbe, und ich glaubte ihm – ich glaube ihm immer noch.
Ich habe mir nie Sorgen gemacht, er könnte fremdgehen,
weil er niemals Interesse an anderen Frauen gezeigt hat.
Ich habe ihn nie auch nur flirten sehen, dazu ist er nämlich viel zu schüchtern. Er hat mir gesagt, er will mich verlassen, weil er glaubt, irgendwo da draußen würde jemand
«Seelenverwandtes» auf ihn warten, und auf mich auch,
und ich weiß immer noch nicht, was zum Teufel das bedeuten soll.

[*Pause.*]

Unsere Töchter wissen noch nichts. Sie sind beide an der
Uni, und er will, dass ich es ihnen sage. Was für ein Feig-
ling. Ich weiß, dass es ihnen das Herz brechen wird, und
habe Angst, dass sie mir die Schuld geben. Das soll er ihnen verdammt noch mal selbst sagen. Das macht mich so
wütend. Ich dachte immer, wir wären eine ganz norma-
le, durchschnittlich gestresste, einigermaßen glückliche
Familie, aber offensichtlich hat er das völlig anders gesehen und war überhaupt nicht glücklich. Jetzt behauptet er,
er hätte sich mir nie nahe gefühlt, wir hätten nie eine tie-

fe Verbindung gehabt. Er behauptet, ich wäre langweilig und mache ihn unglücklich, aber das stimmt einfach nicht! Ich weiß überhaupt nichts mehr. Ach, übrigens, all diese großartigen Einsichten erreichen mich als Textnachrichten aus Frankreich, wo er in dem Haus wohnt, das wir seit zehn Jahren gemeinsam restaurieren – unser Projekt für die Rente. Wahrscheinlich verlegt er gerade die Mosaikfliesen im Bad, die wir auf einer Reise auf Santorini entdeckt haben – jetzt hasse ich die Dinger! Jedenfalls, zu sagen, er hätte mir das Herz gebrochen, ist schwer untertrieben. Der Horror der ganzen Geschichte überflutet mich in Wellen. Ich dachte, uns ginge es gut. Unser Sexleben war nicht so besonders, das gebe ich zu. Aber ich war oft fix und fertig und außerdem in der Menopause, also habe ich es darauf geschoben. Außerdem hatte er selbst nie wirklich große Lust auf Sex, deshalb bin ich gar nicht auf die Idee gekommen, das könnte ein Thema sein. Es fühlt sich so an, als wäre beim ersten Anzeichen von Krankheit alles, was wir miteinander aufgebaut haben, einfach in sich zusammengestürzt. Langsam wird mir klar, dass ich in unserer Ehe die einzige Erwachsene war. In Wirklichkeit musste ich mich um drei Kinder kümmern, und eins davon ist mein Ehemann.

[*Pause.*]

Er besteht auf Scheidung und will, dass ich alles für ihn organisiere! Ich bin plötzlich mutterseelenallein in dem Haus, das über dreißig Jahre unser gemeinsames Zuhause war. Unsere Ehe ist überall um mich herum. Ich habe Angst, wie sich all das finanziell auf die Zukunft auswirken wird, aber noch mehr Angst habe ich davor, allein zu sein. Ich bin zu alt, um noch mal von vorne anzufangen, ich weiß gar nicht mehr, wer ich eigentlich bin. Ich begreife das alles nicht. Ich habe mir unsere alten Fotoalben angesehen, auf der Suche nach Hinweisen, die sein plötzliches Verschwinden erklären. Wir waren nicht unglücklich, wir haben kaum jemals gestritten. Ich kann mir nur vorstellen, dass er in eine Art Krise gerutscht ist, weil er inzwischen weniger arbeitet und mehr Zeit zu Hause verbringt. Ich bin am Boden zerstört, dass es dazu gekommen ist. Das ist alles. [*Sie schaut kurz auf, senkt dann den Blick.*]

[*Pause.*]

LIN   [*Zwirbelt eine Haarsträhne zwischen den Fingern; der Blick huscht zwischen ALICE und RUTH hin und her.*] Okay, ich fang dann mal an ... Jedes Mal, wenn ich den Schlüssel ins Schloss stecke, halte ich die Luft an. Manchmal ist alles still, dann rufe ich nach ihm, um rauszufinden, ob er da ist. Oft bekomme ich keine Antwort, denke, er ist nicht zu Hause, bis ich ihn plötzlich in der Badewanne liegen sehe und Angst bekomme. Dann lacht er mich aus, weil ich so schreckhaft bin. Oder er liegt voll angezogen auf dem Bett, die Arme über der Brust gekreuzt, den Blick starr zur Decke gerichtet, nur darauf wartend, mich zu überrumpeln. Ich bin dann immer sehr vorsichtig mit dem, was ich zu ihm sage, falls ich überhaupt etwas sage. Wenn es aber beim Aufschließen nach seinen wunderbaren Kochkünsten duftet, bin ich sofort voller Hoffnung. Das geschieht inzwischen allerdings so selten, dass ich mich langsam frage, ob es überhaupt jemals so war. Mittlerweile geht er schon bei der kleinsten Kleinigkeit an die Decke, zum Beispiel wenn ich den Schlüsselbund an den falschen Haken hänge. Ich hätte nie geglaubt, dass ich die Zeiten mal vermissen würde, wo er beleidigt in der Wanne oder auf dem Bett lauerte, aber manchmal tue ich es tatsächlich. Alles ist besser als seine Verachtung.

[*Pause.*]

Es war nicht immer so. Am Anfang waren wir zwei notorisch überarbeitete, engagierte Mediziner. Wir arbeiteten auf verschiedenen Stationen desselben Krankenhauses. Ich war Ärztin im Praktikum in der Radiologie im dritten Stock und er Anästhesist auf der Intensivstation, wo er Menschen von den Toten erweckte – die Formulierung stammt von meiner Mutter. Ich träume immer noch von unserer ersten Zeit, als er die Augen nicht von mir abwenden konnte. Wir waren nie getrennt; wir spazierten stundenlang Händchen haltend durch den botanischen Garten und redeten. Ich liebte es, wie gut er sich um sich selbst kümmerte und wie sehr er seine Habseligkeiten hegte. Vielleicht hätte mir das auffallen müssen, aber damals hielt ich es einfach für ein Merkmal seines guten Charakters – ich dachte, wenn er sich so gut um seine Sachen kümmert, kümmert er sich auch gut um mich.

[*Pause.*]

Wir haben unsere Schichten in den Küchenkalender eingetragen und unsere freien Tage koordiniert, um sie gemeinsam verbringen zu können. Aber das ist vorbei. Als er letztes Jahr das Krankenhaus wechselte, wurde alles anders. Er wurde regelrecht besitzergreifend, was meine Zeit betraf, und misstrauisch, wie ich sie verbrachte, und jedes Mal, wenn ich Überstunden machte, quetschte er mich lang und breit aus und stellte meine Antworten infrage. Ich fing an, mich davor zu fürchten, dass mein Pager mich in letzter Minute zu einem Notfall rief, weil ich Angst hatte, ihn zu provozieren, aber inzwischen ist die Arbeit alles, was mir überhaupt noch Halt gibt, und ich bin sehr dankbar dafür. Ich habe mir angewöhnt, die Abende, an denen er nicht zu Hause ist, zu genießen, weil ich die Wohnung dann für mich habe und meine Schlüssel hinhängen kann, wo ich will.

[*Pause.*]

Wenn ich besonders erschöpft bin, macht er laute Musik, um mich zu quälen, oder er fängt unter der Dusche laut an zu singen, wenn ich kurz vor dem Einschlafen bin. Und an Tagen, an denen wir gemeinsam frei haben, verlässt er in der Sekunde, in der ich nach Hause komme, mit einer Übernachtungstasche in der Hand die Wohnung, ohne sich zu verabschieden oder mir zu sagen, wohin er geht. Ich weiß, dass er weder seine Eltern noch seine Schwester besucht. Ich habe keine Ahnung, wo er dann ist oder bei wem. Er geht weder ans Telefon, noch reagiert er auf meine Nachrichten. Also schicke ich ihm keine mehr. Wenn ich nach Hause komme und er von einem seiner Ausflüge zurück ist, liegt er schlafend im Bett und riecht nach jemand anderem. Er liebt es, mich raten zu lassen, und versucht ständig, mich zu ködern, aber sobald ich auch nur

eine Frage zu viel stelle, flippt er aus. Wenn ich mich auf-
rege, schreit er mich an, sagt, ich würde mir was ausden-
ken, ich hätte mir das alles nur eingebildet, mit mir zusam-
menzuleben wäre der reinste Albtraum. Den Rest der Zeit
herrscht zwischen uns nur diese betäubende Stille. Die
Luft ist so dick und stickig, dass ich am liebsten sterben
würde. Ich habe ein Halstuch gefunden, das nicht mir gehört, und ihn damit konfrontiert. Er schleuderte mir das
Ding ins Gesicht und sagte, ich würde Blödsinn reden, er
hätte mir den Schal zu Weihnachten geschenkt. Er hatte
mir tatsächlich ein Halstuch geschenkt, aber das war nicht
leuchtend rosa und auch nicht aus Seide wie das hier. Er
klang so überzeugt und war so wütend, weil ich ihm etwas
unterstellte, dass ich in dem Moment tatsächlich dachte,
er hätte vielleicht doch recht und ich hätte mich geirrt. Vor
zwei Wochen habe ich versucht, ihm zu sagen, dass er aus
meiner Wohnung ausziehen soll, aber er hat mich nur aus-
gelacht und gesagt, er würde nirgendwo hingehen. Er sagte, mich würde doch sonst keiner nehmen und dass ich
dann immer allein sein würde. Ich war fassungslos, weil er
mich einfach eiskalt abblitzen ließ und sich wieder mit seinem Telefon beschäftigte, als wäre nie etwas gewesen. Ich
hatte das Gefühl, in seinen Augen absolut wertlos zu sein
[*unterbricht sich, atmet ein paarmal tief ein und aus, hebt den
Blick, lächelt in die Runde*]. Ich war verzweifelt. Ich hatte
niemanden, an den ich mich wenden konnte, und schließlich nahm ich all meinen Mut zusammen und rief meine
Mutter an. Ich hatte kaum angefangen zu erzählen, da fiel
sie mir ins Wort und sagte mir, ich solle mich glücklich
schätzen, einen Anästhesisten an Land gezogen zu haben,
ich müsse ihm verzeihen, welche Sünden er auch began-

gen haben mochte. Ich hätte wissen müssen, dass ich mir von ihr keine Unterstützung erhoffen kann. [*Sie verstummt, dann holt sie Luft und spricht weiter.*] Ich hasse mich dafür, so schwach zu sein. [*Sie hebt den Blick, Tränen laufen ihr übers Gesicht.*]

[*ALICE bittet die Frauen, innezuhalten und nachzuspüren, welche Gefühle im Körper gerade präsent sind, und ermutigt sie, falls nötig, «den Anker zu werfen».*]

ALICE LIEBE LESERIN, bist du bereit, uns deine Geschichte zu erzählen?

VORHANG.

Kapitel 4

Rumination

Die Falle des ewigen Wiederkäuens

Haben sie Sextoys benutzt? Welche? So was hier vielleicht? Tipp, tipp, tipp. Seit wann ging das schon? Haben sie sich zusammen Pornos angeschaut? Welche Sorte? Wann zum letzten Mal? Hat sie ihr von mir erzählt? Wann? Wo? Wie? Ist das auch gelogen? Ist sie jetzt bei ihr? Scroll, scroll, scroll. Instagram, WhatsApp, Facebook, heißer Kopf, rasender Puls, Körper in Flammen. Haareraufen, Augen zu, Apathie. Wie konnte sie nur? Warum hat sie das getan? Warum, warum, warum? Ich versteh das nicht. Mir wird schlecht, mir ist schlecht. Tipp, tipp, tipp.

Nadias Gedanken drehten sich immer wieder im Kreis bei der Frage, was sie auf dem Telefon ihrer Verlobten finden würde. Vor ihrem inneren Auge erschienen alle möglichen unaussprechlichen sexuellen Handlungen, endlose Bilder von ihrer Verlobten mit der anderen Frau, die sie fürchterlich quälten. Es war ein Zwang, eine Form von Selbstverletzung, gegen die sie machtlos war.

Nachdem sie erfahren hatte, dass ihre Verlobte sie betrog, verbrachte sie den Abend oft mit ihrer Cousine. Sie tranken bis spät in die Nacht Wein und zerpflückten Sprachnachrichten und Bilder. Nadia erzählte ihrer Cousine immer wieder, wie schrecklich das alles war und wie ungerecht. Ihre Cousine hörte zu und fragte sich insgeheim, ob Nadia sie überhaupt registrierte. Denn dies waren gar keine Gespräche, sondern Nadias externalisierter innerer Dialog, ihr Versuch, eine unerträgliche Situation, die sie nicht zu begreifen vermochte, zu verstehen. Es war der Versuch, irgendwie zu einer Lösung zu gelangen, um überhaupt weitermachen zu können. Außerdem war sie wütend. Unglaublich wütend. Nadia war gefangen in endlosen Frageschleifen, auf der verzweifelten Suche nach Antworten, die sie nicht bekam. Sie litt Höllenqualen, und ihre Cousine konnte ihr nicht helfen. Jeder Versuch, sie zu ermutigen, sich auf einen Punkt zu konzentrieren und den näher zu untersuchen, wurde augenblicklich beiseitegefegt. Nadia wollte davon nichts hören. Und machte immer weiter. Runde um Runde um Runde. Und wenn sie dann nachts wach lag, bekam die verzweifelte Suche nach Antworten einen leiseren, verstörenden Unterton, und eine Stimme wisperte: *Es liegt an dir. Mit dir stimmt was nicht.*

Die Wurzeln dieser als «Rumination» bezeichneten Grübelschleifen reichen weit über das tatsächliche Ereignis hinaus und tief hinein in den Kern unseres Erlebens von uns selbst und unserer Umwelt. Die existenzielle Notwendigkeit, die Welt und unser Leben zu verstehen, ist von einem anderen menschlichen Bedürfnis umhüllt – sich geliebt zu fühlen.

Nadia brauchte ihre Wut und die Suche nach Antworten, weil beides sie vor dem schmerzhaften Gefühl bewahrte, nicht mehr geliebt zu werden. Die Rumination war alles an Macht, was ihr geblieben war, die einzige Möglichkeit, im freien Fall den Anschein von Kontrolle zu wahren. Außerdem folgten Nadias Grübelschleifen tatsächlich einem handfesten Zweck. Körper und Geist hatten einen dringend benötigten Schutzschild errichtet, um sie vor dem unerträglichen Verlust zu beschützen, der Fassungslosigkeit und der Zurückweisung, die ihrer verzweifelten Suche nach einer Lösung zugrunde lagen.

Ein gebrochenes Herz verursacht eine unerträgliche Dissonanz, eine katastrophale Spaltung zwischen dem, wie die Dinge in unserer Vorstellung waren und wie sie jetzt in Wirklichkeit zu sein scheinen. Rumination ist der Versuch, das Gleichgewicht wiederherzustellen und zur Harmonie zurückzukehren. Als Lebewesen, die darauf angewiesen sind, Bedeutung herzustellen, streben wir danach, geordnete Rahmen und Systeme zu schaffen, in denen wir uns sicher fühlen. Falls unser bisheriges Verständnis von Beziehung im Widerspruch zu der Situation steht, in der wir uns plötzlich wiederfinden, reagieren wir mit großer Verwirrung und Angst – es ergibt keinen Sinn.[1] In der extremen Not und Wut angesichts der Zurückweisung läuft die innere Sinnstiftungsmaschinerie auf Hochtouren, in dem verzweifelten Versuch, die Übereinstimmung wiederherzustellen.

Rumination ist eine natürliche und unvermeidliche Folge von Verrat, und zu ruminieren ist ein Zeichen unserer Intelligenz. Wir versuchen, aus dem Geschehenen schlau zu werden und ein Gefühl der Kontrolle zurückzugewinnen, es in Einklang mit uns selbst zu bringen und aus den Trümmern eine Bedeutung herauszulesen. Wir versuchen irgendwie, die Scherben wieder zusammenzufügen und neue Hoffnung zu schöpfen. Doch dann liegen wir nachts trotzdem wieder wach, während die Gedanken sich im Kreis drehen – wie es dazu kommen konnte, warum es geschah, dass wir so was nicht verdient haben, wie allein wir sind, wie erschöpft ... wie ungerecht die Welt doch ist. Wir schrauben uns immer tiefer hinein und drehen Schleife um Schleife, um alles wieder in Ordnung zu bringen, und geben dem grausamen Gedankenkarussell damit immer neuen Schwung.

Auch der Körper leidet unter dem Schlag. Kopfschmerzen, erhöhter Puls, Zittern und Übelkeit sind Anzeichen für einen Körper unter extremer Anspannung und Stress. Es zeigen sich Begleiterscheinungen wie Schlaflosigkeit, Konzentrationsschwäche und abgrundtiefe Erschöpfung, während wir weiter in halsbrecherischer Geschwindigkeit die Ruminationsachterbahn entlangrasen, die wir eigentlich nie besteigen wollten und von der wir jetzt nicht mehr absteigen können. Der Zwang zum gedanklichen Wiederkäuen verspottet und quält uns wie ein Kerkermeister, hält uns wach und droht uns mit «lebenslänglich», während die Person mit den Antworten auf unsere Fragen entweder längst weg ist oder sich nicht für unser Bedürfnis nach Antworten interessiert. Es ist die reinste Folter.

Unser Verstand konzentriert sich auf das zerstörende Ereignis und bleibt daran hängen wie die Nadel in einer kaputten Schallplatte, ohne uns je eine schlüssige oder befriedigende Antwort zu geben. Abgesehen davon ist Rumination ein kostspieliges Unterfangen. Es ist wie die regelmäßige Abbuchung emotionaler Mittel, und ehe wir wissen, wie uns geschieht, sind wir völlig leer, stecken tief in den roten Zahlen und bekommen Überziehungszinsen in Rechnung gestellt.

Rumination besitzt ungeheure Macht und lässt sich kaum eindämmen, bis sie schließlich in sämtliche Gespräche und Beziehungen einsickert. Menschen mit gebrochenem Herzen nehmen regelmäßig die Hilfe von Freundinnen und Freunden in Anspruch, um gemeinsam in zunehmend zornigen Zyklen von «Co-Rumination»[2] den Verrat wieder und wieder durchzukauen. Je größer, umso schlimmer: Je mehr Freundinnen und Freunde unwillentlich vor den Karren gespannt werden, desto mehr entwickelt sich die Rumination zu einem Gemeinschaftsprojekt. Doch anstatt den Schmerz zu lindern, verstärkt und verschärft die kollektive Rumination unser Leiden weiter.[3] Die sogenannte «kollektive Rumination» kann Wut nicht nur über Monate oder Jahre aufrechterhalten, sondern über Generationen hinweg.[4]

Rumination schürt nicht nur unsere Wut und erhöht den

Stresslevel im Körper, sie reduziert außerdem die Selbstbeherr-
schung.[5] In ruminativer Gemütsverfassung neigen wir zu Handlungen, die wir später bereuen könnten. Hast du je eine gifttrie-
fende Textnachricht verfasst und auf «Senden» gedrückt, nur um
dir augenblicklich zu wünschen, du könntest sie zurücknehmen?
Bist du je wutschnaubend zu dem Menschen nach Hause gefahren,
der dir das Herz gebrochen hat, und hast mit den Fäusten gegen
die Tür getrommelt? Hast deine Nachfolgerin gestalkt, online oder
in Person? Wieder angefangen zu rauchen? Exzessive Mengen Alkohol getrunken? Anstatt uns die Kontrolle zurückzugeben, sind
Rumination und ihr Gehilfe, der Stress, in der Lage, die Stopptaste
ganz außer Betrieb zu setzen. Der Vorsatz, mit der Rumination
aufzuhören, funktioniert nicht. Widerstand verstärkt, was wir los-
werden wollen, und uns zu sagen, dass wir aufhören sollen, hält
das Gedankenkarussell lediglich am Laufen – oft noch schneller
und intensiver. Wenn wir dich bitten würden, im Laufe der nächsten Minute *nicht* an einen rosaroten Elefanten zu denken, wärst du
dazu in der Lage? Probier es aus. Es handelt sich um ein frustrie-
rendes Paradox: Man kann sich nicht befehlen, mit dem Grübeln
aufzuhören, weil es dadurch nur verstärkt wird, und gleichzeitig
können wir nur aus dem Teufelskreis ausbrechen und den nächsten Schritt tun, wenn wir aufhören zu grübeln.

Doch es gibt noch eine Möglichkeit ...

Loslassen ist die Entscheidung, sich nicht länger mit dem Geschehenen zu quälen. Das bedeutet nicht, einen Menschen loszulassen. Die Menschen, die wir geliebt haben, werden immer einen Platz in unserem Herzen und unserem Verstand haben, auch
diejenigen, die uns verletzt haben. Es geht darum, den quälenden
Kampf loszulassen – Tag für Tag aufs Neue.

Das Tigerbaby

Stell dir vor, du wachst eines Morgens auf, und vor deiner Tür sitzt ein entzückendes Tigerjunges und maunzt.[6] Natürlich holst du das niedliche Tier zu dir ins Haus. Nachdem du eine Weile mit dem Tigerbaby gespielt hast, fängt es wieder an zu maunzen. Diesmal ist der Ton drängender, und schnell wird dir klar, dass das Kleine Hunger hat. Du gibst ihm ein wenig Hackfleisch zu fressen, denn du weißt, dass Tiger Fleisch mögen. So geht es Tag für Tag, und Tag für Tag wird dein kleines Haustier ein bisschen größer. Im Laufe von zwei Jahren werden aus den täglichen Hamburger-Resten Hochrippe und schließlich ganze Rinderhälften. Auch maunzt dein kleiner Tiger schon bald nicht mehr, wenn er Hunger hat. Stattdessen knurrt er dich jedes Mal laut an, wenn er denkt, es wäre Zeit zu fressen. Dein niedliches kleines Kuscheltier hat sich in ein nicht zu bändigendes Raubtier verwandelt, das dich in Stücke reißt, wenn es nicht bekommt, was es will.

Jedes Mal, wenn du deinem Tiger Futter gibst, trägst du dazu bei, dass er ein Stückchen größer und ein bisschen stärker wird. Ihn weiter zu füttern, scheint nur vernünftig zu sein. Entweder du fütterst ihn, oder er frisst dich auf. Gleichzeitig ermöglichst du dem Tiger mit jeder Fütterung, immer noch stärker und bedrohlicher zu werden ... bis der Tiger endgültig die Kontrolle über dich hat.

In diesem Bild ist dein Schmerz der Tiger und dein Zwang zur Rumination das Fleisch. Die Lösung, die wir im Wiederkäuen der Gedanken zu finden hofften, ist in Wirklichkeit das – inzwischen mit Steroiden vollgepumpte – Problem, das die Rumination doch eigentlich lösen sollte.

Die chinesische Fingerfalle

Kampf befreit uns nicht.[7] Wenn wir in einer Erfahrung feststecken, das Gefühl haben, zu ertrinken oder bei lebendigem Leib aufgefressen zu werden, versuchen wir instinktiv, die Flucht zu ergreifen. Alles in uns schreit: «Raus hier! Ich muss hier raus! Ich halte es nicht aus! Ich muss kämpfen!» Es handelt sich um eine natürliche Überlebensstrategie, die manchmal tatsächlich nützlich ist, schließlich ist hier unser Instinkt am Werk. Aber es gibt Situationen, denen man mit dieser Strategie nicht entkommen kann. Manchmal ist ein Seil nur ein Seil – es ist der Kampf, der die Schlinge formt. Denk an Treibsand: Je hektischer wir uns bewegen, desto mehr gerät der Sand unter uns ins Rutschen und zieht uns mit nach unten. So kontraintuitiv es auch wirken mag, der Ausweg besteht darin, sich möglichst nicht zu bewegen und sich sehr behutsam mit möglichst viel Körperoberfläche hinzulegen und gewissermaßen auf dem Sand zu treiben, bis er den Griff lockert und wir nach Hilfe rufen oder uns auf die Seite rollend in Sicherheit bringen können. Wir empfehlen dir nicht, mit Treibsand zu experimentieren, aber es gibt etwas anderes, das dir vielleicht hilft, dich mit der Idee des Loslassens vertraut zu machen – die chinesische Fingerfalle.

Bei der chinesischen Fingerfalle handelt es sich um eine geflochtene Bambusröhre von höchstens zehn Zentimetern Länge. Der Durchmesser ist gerade groß genug, um die Zeigefinger hinein-

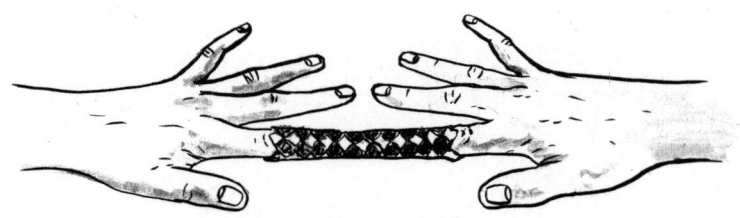

zustecken. Stecken beide Finger erst einmal in der Röhre, wird es knifflig. Sobald man versucht, die Finger wieder herauszuziehen, verengt sich das Geflecht und schnürt die Finger ein. Je mehr man kämpft, um sich aus der Falle zu befreien, desto enger wird das Geflecht. Bleibt der Zug auf das Material unverändert, bleibt alles, wie es ist, die Finger stecken fest. Hört man jedoch auf, die Finger auseinanderzuziehen, und lässt sie ohne jeden Zug in der Falle ruhen, gibt das Bambusgeflecht nach und weitet sich, und plötzlich hat man ausreichend Spielraum, um die Finger zu befreien.

Je mehr wir versuchen, uns aus dem Schmerz herauszudenken, desto fester hat er uns im Griff. Nichts kann uns von dem Schmerz befreien, und wir wissen, dass er höllisch wehtut. Wenn wir uns aber bewusst machen, dass wir wieder im Kampfmodus sind und uns aktiv fürs Loslassen entscheiden, beginnen wir damit, unsere Beziehung zum Schmerz neu zu gestalten. Versuch also, an die chinesische Fingerfalle zu denken – wenn du willst, kauf dir eine –, und verwende das Spielzeug als Erinnerung daran, wie Loslassen geht.

Kapitel 5

Szene II

Zeig deinem Ex den Mittelfinger

BEHAGLICHES WOHNZIMMER. ABENDS.

Das Feuer knistert, das Geräusch von Schritten, die Frauen betreten erneut das Zimmer und machen es sich auf den Sofas gemütlich. NADIA legt sich eine Decke um die Schultern, zieht die Füße hoch und kuschelt sich in die Sofaecke. IRENE sitzt am anderen Ende der Couch, legt sich eine ordentlich gefaltete Decke auf den Schoß, streicht sie glatt. ROBYN hat gegenüber von IRENE auf dem zweiten Sofa Platz genommen, nippt an ihrem Wasserglas. LIN sitzt wieder ganz vorne auf der Sofakante. Sie wirkt, als würde sie frieren. ESHE kommt zu LIN, nimmt eine Decke von der Lehne, hüllt LIN darin ein, drückt sanft ihre Schulter und setzt sich dann selbst. Sie sitzt im Schneidersitz, vorgebeugt, nestelt an ihrer Kette herum.

RUTH   Jetzt ist es Zeit für was Lustiges. Wir machen gemeinsam eine kleine Übung[1]. Sie ist zwar ein wenig albern, aber die Absicht dahinter ist tiefgründig – es geht darum, die Macht eures Herzensbrechers oder eurer Herzensbrecherin und all der schlimmen Dinge zu mindern, die ihr euch anhören musstet. Wir tun das, indem wir die kritischen Stimmen externalisieren und diffundieren wie gestreutes Licht, sodass sie sich nicht länger anfühlen, als wären sie ein Teil von uns. Bereit? Dann lasst die Diffusion beginnen. Bitte stellt euch als Erstes den Menschen vor, der euch das Herz gebrochen hat: Lasst ihn oder sie möglichst deutlich vor eurem inneren Auge erscheinen. Stellt euch eine Phase vor, in der er oder sie sich verletzend und gemein verhalten hat. Das kann eine einzelne Situation sein oder ein Sperrfeuer aus Gemeinheiten, das spielt keine Rolle. Wichtig ist nur, sich die Worte ins Gedächtnis zu rufen und möglichst deutlich im Ohr zu haben. Konzentriert euch jetzt auf den Tonfall – wie klingt diese Stimme? Laut, schneidend, eiskalt, brutal? Hört genau hin. Habt ihr die Stimme im Ohr? Gut. Jetzt verändert ihr die Stimmlage, dreht den Regler nach oben, bis es sich hoch und schrill anhört wie bei einer Zeichentrickfigur. Stellt euch vor, wie der Mensch, der euch das Herz gebrochen hat, euch sein Gift mit dieser neuen Stimme entgegensprüht. Seid ihr so weit? Gut, wunderbar ... Jetzt streckt bitte den Arm aus, möglichst gerade, mit der Handfläche nach oben und so weit, wie es geht. Welchen Arm ihr nehmt, spielt keine Rolle, nehmt den, der sich bequemer anfühlt. Jetzt ballt ihr die Finger zur Faust ... und hebt den Mittelfinger. Gut ... Stellt euch euren Herzensbrecher beziehungsweise eure Herzensbrecherin genau vor. Dann lasst dieses Bild aus eurem inneren Auge heraustreten und langsam über den ausgestreckten Arm bis ganz nach vorn auf die Fingerspitze des gereckten Mittelfingers wandern. Dabei schrumpft das Bild auf die Größe eines Fingerhuts zusammen, damit es dort Platz hat. Angekommen? Könnt ihr ihn oder sie sehen? Winzig klein, da vorne auf eurer Fingerspitze? Natürlich ist die Stimme noch piepsiger und heller geworden, seit sie da vorne hockt, diese Witzfigur, so winzig wie eine Erdnuss. Könnt ihr es hören?

[*ALLE fixieren ernst ihren gereckten Mittelfinger, ROBYN lässt den linken Arm sinken, hebt den rechten.*]

Jetzt, wo er oder sie da drüben auf eurer Fingerspitze sitzt, mit dieser albernen, kleinen Piepsstimme, ruft euch bitte noch mal die vielen Gemeinheiten ins Gedächtnis, die ihr zu hören bekamt: die Ausreden, die Lügen, die falschen Versprechungen, die Kritik. Nur, dass alles Gesagte in dieser kleinen Piepsstimme herauskommt. Und wenn ihr wollt, verpasst ihm oder ihr bei dieser Gelegenheit noch einen neuen Namen. Der darf wirklich albern sein. Hier wird nicht geurteilt, sagt einfach das, was euch als Erstes in den Sinn kommt. Nadia?

NADIA [*Nervöses Lächeln auf den Lippen.*] Sie heißt «die Eisheilige», und sie sagt: «Wenn du nicht endlich ins Fitnessstudio gehst, wirst du irgendwann so fett wie deine Mutter.»

[*ALLE holen scharf Luft, ROBYN schüttelt den Kopf.*]

RUTH Möchtest du ihr etwas sagen?

NADIA [*Steht auf, Stirnrunzeln, feste Stimme.*] Du täuschst dich. Ich bin kein bisschen wie meine Mutter. Du denkst, mit *der* wärst du glücklicher, aber das stimmt nicht. Und übrigens – du bist hier die, die dringend mal ins Scheißstudio gehen sollte. [*Setzt sich wieder.*]

IRENE [*Steht selbstbewusst auf, wedelt mit dem Mittelfinger.*] Du dumme Schlampe, [*Pause*] du dumme Schlampe, [*Stimme wird höher*] du dumme Schlampe.

[*NADIA und ROBYN keuchen erschrocken.*]

RUTH   Welchen neuen Namen gibst du ihm, Irene?

IRENE   Luzifer.

RUTH   Möchtest du ihm etwas sagen?

IRENE   Fahr zur Hölle.

[*ALLE lachen, IRENE wird rot, verbeugt sich, nimmt wieder Platz.*]

RUTH   Eshe?

ESHE   [*Gerunzelte Stirn, nestelt an ihrem silbernen Kreuz, sie wirkt zögerlich.*] Ich kann das nicht. Ich will ihn nicht ins Lächerliche ziehen.

RUTH   Das ist völlig in Ordnung, Eshe. Das ist nur eine Technik, eine von vielen, die uns helfen kann, den Einfluss, den unsere Herzensbrecher auf uns haben, zu mindern. Wenn du möchtest, kommen wir später noch einmal drauf zurück.

[*Lange Pause, ESHE spielt mit dem Anhänger, Schweigen.*]

ESHE   Ich glaube, das mit dem Namen krieg ich hin ... er heißt ...
Sackgesicht. [*Sie wirkt erleichtert.*]

RUTH   [*Lächelt.*] Das ist ein großer Schritt, Eshe. Gut gemacht.

[*Pause.*]

Robyn?

ROBYN   [*Starrt den Mittelfinger an, ihre Stimme klingt, als hätte sie
Helium eingeatmet.*] Ich verlasse dich für eine, mit der ich
Spaß haben kann, eine, die kein Krüppel ist.

[*ALLE schweigen betreten, wissen nicht, ob sie weinen oder
lachen sollen.*]

RUTH   Und wie heißt er?

ROBYN   [*Voller Überzeugung.*] Voldemort.

RUTH   Möchtest du ihm etwas sagen?

ROBYN   Allerdings. Fick dich und deinen Schwachsinn mit der
«Seelenverwandtschaft». [*ALLE lachen erleichtert.*]

LIN   [*Steht unvermittelt auf, mit wütend ausgestrecktem Arm.*] Du
deprimierte, grenzdebile Irre.

RUTH   Und wie heißt er?

LIN   Schlappschwanz.

RUTH   Was würdest du ihm jetzt gern sagen?

LIN   [*Nickt.*] Du hast meine Liebe nicht verdient.

[*ESHE wirft RUTH einen Blick zu, steht auf.*]

RUTH   Wann immer du bereit bist, Eshe.

ESHE   [*Streckt langsam und mit Nachdruck den Mittelfinger aus.*]
        Was stimmt nicht mit dir? Hier sieht's aus wie im Schwei-
        nestall. Mir reicht es!

[*ALLE holen tief Luft.*]

RUTH   [*Sanft.*] Möchtest du ihm etwas sagen?

ESHE   Du bist ein Lügner und Betrüger. Du bist ein Nichtsnutz.

[*ALLE applaudieren.*]

RUTH   Und du, liebe Leserin? Bist du bereit, es zu versuchen?

[*Pause.*]

RUTH   Wunderbar. Jetzt weißt du, was du tun kannst, wenn du
        das nächste Mal die Stimme deines Herzensbrechers oder
        deiner Herzensbrecherin hörst ... Zeig ihm oder ihr den
        Mittelfinger.

VORHANG.

Kapitel 6

Radikale Akzeptanz

Die Kunst des Loslassens

Nicht lange, und du findest dich aufs Neue in der altbekannten aggressiven Ruminationsspirale wieder, versuchst, eine Lösung zu finden, gibst dich Rachefantasien hin, überlegst, wie du deinen Ex vernichten oder deine Ex zu Fall bringen kannst. Verurteile dich nicht dafür. Atme durch und lies dir die folgenden Sätze laut vor:

> Die Dinge sind nicht, wie ich sie gerne hätte,
> und auch nicht, wie sie sein sollten.
> Die Dinge sind, wie sie sind.

Diese Haltung bezeichnet man als radikale Akzeptanz[1], eine Entscheidung, die wir in jedem Augenblick neu treffen und gleichzeitig als fortlaufenden Prozess begreifen können. Es ist das Annehmen von dem, was ist, *so wie es ist.* Das ist nicht dasselbe wie Zustimmung oder Resignation, und es ist weder Vergebung noch Aufgabe. Radikale Akzeptanz ist niemals passiv. Es bedeutet, willentlich die Waffen zu strecken, die bewusste, aktive Entscheidung, nicht mehr zu kämpfen. Was geschehen ist, ist geschehen, und daran kann auch noch so viel Kampf nichts ändern.

Außerdem, mal ganz ehrlich: Radikale Zeiten erfordern radikale Lösungen.

Radikal, weil es bedeutet, den Weg ganz zu gehen; es geht um die vollkommene Akzeptanz der grundlegenden und vollständigen Natur der Situation und die Akzeptanz all dessen, was dazu geführt hat, ohne Ausnahmen und Vorbehalte. *Radikal*, weil die Konsequenzen weitreichend sind und die Veränderung auf tiefster Ebene spürbar ist. *Radikal*, weil Radikale für den Wandel eintreten und dabei oft revolutionär sind.

Auf Hindi bedeutet die Übersetzung von *radical* auch feurig und heftig. Uns gefällt die Verbindung von feurig und heftig mit Akzeptanz, weil es die Energie des Begriffs in etwas Kraftvolleres, Lebendigeres verwandelt. Es verleiht dem Begriff *radikal* eine seismische Qualität, die gut dazu passt.

Zu Unrecht gilt Akzeptanz normalerweise nicht gerade als Wegbereiter für Veränderung. Akzeptanz ist der vorsätzliche Akt zu akzeptieren, was bereits geschehen ist, sodass wir uns den Freiraum schaffen können, darüber nachzudenken, was als Nächstes kommt.

Verrat bewirkt ein dialektisches Spannungsfeld, in dem zwei scheinbar widersprüchliche Dinge nebeneinander existieren: Ich hasse ihn, und ich liebe ihn; ich will bleiben, und ich will gehen; ich will sie küssen und killen; er ist mein sicherer Hafen, und er ist für mich die größte Gefahr. Der Versuch, diese Spannung aufzulösen, führt in die Sackgasse. Akzeptieren wir jedoch das natürliche Vorhandensein dieser unvermeidlichen Spannung radikal, befreien wir uns von dem Druck, sie auflösen zu müssen.

Gesteh dir ein und akzeptier, dass dir dieses ungerechtfertigte, ungerechte, grauenhafte Ereignis zugestoßen ist und dass es zu deinem Leben gehört, wie sehr du auch versuchen magst, dich gedanklich davon zu befreien. Wir laden dich ein, es in dein Leben zu integrieren, anstatt weiter dagegen anzukämpfen. Wenn du dieses Ereignis akzeptierst, akzeptierst du damit alles, was davor geschehen ist, inklusive deines eigenen Anteils an den Geschehnissen. Die Vergangenheit lässt sich nicht mehr verändern, alles Vergangene hat zu diesem gegenwärtigen Augenblick geführt, und auch dieser Augenblick ist unveränderlich.

Stell dir vor, du hättest um neun Uhr einen wichtigen Termin und der Bus steckt im Stau. Alles sieht danach aus, als würdest du dich verspäten. Jetzt hast du zwei Möglichkeiten: Du kannst dich dagegen wehren und wütend werden, dir Sorgen über die Konsequenzen deiner Verspätung machen, du kannst wegen der Tatsache, dass du im Stress bist, gestresst sein ... mit anderen Worten, die nächste Runde auf dem Ruminationskarussell absolvieren, um eine Lösung zu finden, Gerechtigkeit wiederherzustellen, den Übeltäter (in diesem Fall den Busfahrer) zu bestrafen. Oder ... du kannst dich in radikaler Akzeptanz üben, während der Bus vorwärtskriecht, dich ablenken und beispielsweise die Musik in deinen Kopfhörern lauter stellen. Der Bus hat Verspätung, ob du willst oder nicht, aber nur eine Route fährt in Richtung Frieden.

Radikale Akzeptanz ändert nichts an den Tatsachen, aber sie beeinflusst sehr wohl die Auswirkungen. Dein Puls verlangsamt sich, die Anspannung in deinem Körper lässt nach, der Atem beruhigt sich, und du kannst Körper und Geist wieder ins Gleichgewicht bringen. In *diesem* Zustand sind wir kraftvoll – trotz der widrigen Umstände.

Wie viel Energie hast du darauf verwendet, dich zu wehren, dich mit dem «Was wäre, wenn?» zu quälen, mit der ewigen Frage «Warum ausgerechnet ich?»?

Diese Frage entspringt der Vorstellung, die Welt wäre gerecht, guten Menschen sollten keine schlimmen Dinge widerfahren und schlechten Menschen keine guten. Aber so läuft es nun mal nicht. Wieso du? Wieso *nicht* du?

Wir alle geraten in diese Falle – es ist der menschliche Versuch, einer komplexen Welt Sinn zu geben. Aber leider ist niemand vor schlimmen Dingen gefeit. Wenn du die radikale Ungerechtigkeit radikal akzeptierst, obwohl sich darin keinerlei Sinn erkennen lässt, befreist du dich damit selbst. Radikale Akzeptanz ist der Beginn einer neuen Art zu sein.

Die Dinge sind nicht, wie ich sie gerne hätte,
und auch nicht, wie sie sein sollten.
Die Dinge sind, wie sie sind.

Mach diese beiden Sätze zu deinem Mantra.

Der Troll und das Loch

Stell dir ein Tauziehen zwischen dir und deinem Herzschmerz vor.[2] Du hältst das eine Ende des Seils in der Hand, am anderen Ende befindet sich ein Angst einflößender Troll. Er repräsentiert deine ungewollten Gedanken und Gefühle. Zwischen dir und dem Troll befindet sich ein tiefes schwarzes Loch, und du ahnst, dass sich darin etwas Schreckliches verbirgt. Vielleicht ein Krokodil? Vielleicht eine Schlange? Vielleicht eine nie endende Abwärtsspirale ins Nichts?

Also beginnst du zu kämpfen. Du zerrst mit aller Macht an dem Seil, gibst keinen Millimeter nach und bist dabei voller Angst – Angst vor dem Troll und Angst vor dem Loch. Deine Hände sind bereits wund gescheuert, du hast großen Durst, du brauchst inzwischen dringend eine Stärkung, und du hast keine Ahnung, wie lange du noch durchhalten kannst.

Doch es gibt einen Ausweg aus dieser kräftezehrenden, beängstigenden Situation, der dir nicht in den Sinn gekommen ist, weil du so sehr damit beschäftigt warst, den Troll zu besiegen.

Lass das Seil los.

Wenn du loslässt, kommt keiner von beiden dem Loch zu nahe. Stattdessen stolperst du rückwärts, fällst hin, stehst wieder auf, klopfst dich ab, drehst dich um und gehst deiner Wege. Sämtliche Energie, die du für das Tauziehen aufgewendet hast, ist plötzlich wieder befreit.

Du siegst, indem du den Kampf aufgibst. Gleichzeitig werden auch deine Gedanken befreit. Die Lösung liegt darin, das Gegenteil von dem zu tun, was man erwarten würde.

Außerdem ist es wichtig, dabei die eigenen Erwartungen auf einem realistischen Niveau zu halten. Auch wenn du geschworen hast, dich ab sofort in radikaler Akzeptanz zu üben, wirst du es immer wieder einmal vergessen, du wirst Widerstände entwickeln, und du wirst unweigerlich wieder in die alte Falle tappen, unbedingt eine Lösung finden zu wollen.

Das ist zu erwarten und an sich nicht weiter schlimm. Wenn das passiert, registrierst du es mit einer freundlichen, nachgiebigen Haltung und rufst dir ins Gedächtnis, dass du wahrscheinlich gerade versuchst, die dialektische Spannung des Verrats aufzulösen – und sei dabei ruhig ein bisschen stolz auf dich.

Falls du noch nicht ganz überzeugt bist: Versuch es mit einer halben Stunde intensivem Kampf, schwelge von ganzem Herzen im Wiederkäuen deiner Gedanken und übe dich anschließend eine halbe Stunde lang in radikaler Akzeptanz. Welcher Weg fühlt sich besser an?

Vielleicht hast du inzwischen gemerkt, dass die meisten Übungen, die wir dir vorstellen, mit Akzeptanz und Loslassen zu tun haben. Dies steht möglicherweise im Widerspruch zu deinen gewohnten Handlungsmustern. Falls die Vorstellung dir Unbehagen bereitet, denke ans Ankerwerfen – es hilft dir, im Verlauf deines Prozesses ein Gefühl der Sicherheit zu entwickeln. Diese Übung lässt sich, wie gesagt, jederzeit einbauen, um Körper und Geist zu entspannen.

Die Entscheidung, das Geschehene radikal zu akzeptieren, hat zur Folge, dass du deine Energie nicht länger an einen Menschen verschwendest, der dir das Herz gebrochen hat. Diese Energie steht dir stattdessen zur Verfügung, um deine innere Flamme neu anzufachen und der Vorstellung Raum zu geben, dass du womöglich mehr Macht und Freiheit besitzt, als du dir je vorstellen konntest. Dass in dir kraftvolle Kapazitäten lebendig sind, die du für das Gute, für Veränderung einsetzt. Dass du eine Frau bist, die in der Lage ist, sich über das zu definieren, was *ihr selbst* wichtig ist.

Kapitel 7

Das Schweigegelübde

Unser Gehirn ist darauf ausgelegt, das Geschehene und die Frage, weshalb es geschah, zu verarbeiten. Doch wie wir inzwischen wissen, führt dieser Ansatz uns nicht weiter. In Wirklichkeit hilft uns die Rumination lediglich, die zugrunde liegende schreckliche Wahrheit zu verdrängen, nämlich dass uns das Herz gebrochen wurde. Natürlich würden wir diesem Gefühl am liebsten aus dem Weg gehen, aber wir dürfen nicht vergessen, dass die Rumination die Gefängniswärterin ist und keine Verbündete.

Du kannst die Reise in die Freiheit erst antreten, wenn du damit aufhörst, gegen das Geschehene anzukämpfen. Weil wir wissen, wie schwer das ist, möchten wir dir helfen, indem wir dich dazu einladen, ein Schweigegelübde abzulegen. Es handelt sich um ein Rede-Moratorium in Bezug auf den Menschen, der dir das Herz gebrochen hat, für die Zeit, die du bei uns bist, und fungiert als Ruminations-Container. Außerdem steht dieses Gelübde symbolisch für den Augenblick, in dem wir uns endgültig von ihm oder ihr abwenden und uns nur noch auf dich konzentrieren. Denn der Mensch, der dir das Herz gebrochen hat, ist für deinen weiteren Weg irrelevant. Womöglich hast du auch weiterhin das Bedürfnis, über ihn oder sie zu sprechen, und das ist völlig in Ordnung. Wenn du es tust, gibt die Erinnerung an dein Gelübde dir künftig die Wahl, wohin du deine Energie lenken möchtest – zurück zu ihm oder ihr oder ... nach vorne ... zu dir selbst.

Es ist gut möglich, dass du dieses Gelübde wieder und wieder wiederholen musst, und auch das ist in Ordnung. Es geht nicht darum, von Anfang an perfekt zu sein, sondern darum, dass du dich aus ganzem Herzen darauf ausrichtest, dein Bestes zu geben – nicht aufzugeben, sondern es immer wieder aufs Neue zu versuchen.

Sprich mir nach:

«Ich gelobe, von nun an nicht mehr über den Menschen zu sprechen, der mir das Herz gebrochen hat. Ich werde den Fokus fest auf mich selbst gerichtet halten, um den Weg der Heilung und der Weiterentwicklung einzuschlagen.»

Dieses Gelübde abzulegen, ruft Gefühle hervor. Nimm diese Gefühle wahr, versuche, sie zu benennen. Gefühle folgen, wie bereits erwähnt, einem verlässlichen Bogenmuster: Sie steigern sich, gipfeln in einem Punkt höchster Intensität und ebben wieder ab – das mag sich überwältigend *anfühlen*, aber es wird dich nicht wirklich überwältigen. Bleib bei dem Gefühl, anstatt dich dagegen zu wehren.

Meeresströmungen, die in die entgegengesetzte Richtung als die erwartete fließen, werden Rippströme genannt. Man schwimmt ein Stück hinaus, macht kehrt, um zum Strand zurückzuschwimmen, und muss feststellen, dass die Strömung einen weiter hinauszieht. Daraufhin strengt man sich an, schwimmt schneller, kommt aber nicht vom Fleck und gerät irgendwann in Panik. Das ersehnte Ufer kommt kein Stück näher. Weiter gegen die Strömung anzuschwimmen, führt einen nirgendwohin, außer in die Erschöpfung.

Die Lösung besteht darin, das Wagnis einzugehen, sich vermeintlich gegen alle Vernunft von der Strömung weiter raus aufs Meer treiben zu lassen. Sobald der Rippstrom einen wieder freigibt, schwimmt man so lange parallel zum Ufer, bis man die Strömung passiert hat, und kehrt an anderer Stelle ans Ufer zurück.

Wir kämpfen gegen unsere Gefühle an, weil wir in der Angst leben, davon überwältigt zu werden, wenn wir sie zulassen, und allein diese Angst verstärkt das Potenzial der Gefühle und beschert uns doppelte Qualen – das Gefühl selbst und die Angst davor. Dies können wir nur erkennen, wenn wir unsere Gefühle tatsächlich zulassen.

Die Angst, in unseren Gefühlen zu ertrinken, ist natürlich, aber das wird nicht passieren, wenn wir den Mut haben, uns den Gefühlen hinzugeben. Wir sind darauf konditioniert, Gefahren und negative Zustände zu meiden, indem wir sie unterdrücken, leugnen, betäuben, die Flucht ergreifen und hektisch nach Lösungen suchen. All das ist manchmal notwendig. Wenn wir unsere Gefühle jedoch zulassen – und, ja, das kann manchmal sehr intensiv sein –, klingen sie unweigerlich irgendwann wieder ab. Die Probleme entstehen dann, wenn wir uns konsequent von unseren Gefühlen abschneiden, uns dagegen abschirmen und in der ständigen Angst leben, sie könnten wiederkommen. Wenn wir handeln, ehe die Gefühle ihren Höhepunkt erreicht haben – indem wir trinken, uns ablenken oder Lösungen suchen –, werden wir die andere Seite nie erreichen.

Weil der Drang, schmerzvollen Gefühlen aus dem Weg zu gehen, stark und schwer zu unterdrücken ist, nimm bis zur vollendeten Arbeit mit diesem Buch das Schweigegelübde auf dich. Falls notwendig, kannst du ab sofort den Namen verwenden, den du dir in der Übung mit dem Mittelfinger ausgedacht hast, oder von der oder dem «Unaussprechlichen» sprechen.

TEIL II

Die Vergangenheit

Kapitel 8

Bindungsentwürfe

Menschen haben fast ausnahmslos das tiefe, ursprüngliche Bedürfnis, sich den Menschen, Orten und Systemen, die sie umgeben, verbunden zu fühlen. Das in unseren Genen verankerte Bedürfnis, akzeptiert, respektiert, eingebunden und geliebt zu sein, ist ebenso fundamental wie das Bedürfnis nach Nahrung und Obdach. Geschwister, Eltern, Freundinnen und Freunde, Lehrerinnen und Lehrer, das weitere Umfeld, sie alle haben Einfluss auf unser Gefühl von Sicherheit und Zugehörigkeit und letztendlich auf unser Selbstgefühl. Wie ein goldener Faden, der bis in unsere frühste Kindheit zurückreicht, bilden diese Beziehungen die Bindungsentwürfe für alle Beziehungen in unserem Leben.

Wie sah dein erstes Nest aus? War es weich und gemütlich wie das eines Kolibris oder groß und stabil wie ein Adlerhorst? Wer saß mit dir im Nest? Gab es eine große, lärmende Brut oder nur dich? Welche Geräusche umgaben dich, welche Gerüche, welche Atmosphäre? War das Leben vorhersehbar, wusstest du, was kommen würde, oder war es chaotisch und beängstigend? Wie war das Ökosystem um dein Nest herum gestaltet – welche gesellschaftlichen und kulturellen Botschaften haben dein Gefühl für die Welt geprägt? Nimm dir einen Augenblick Zeit, um über diese Fragen nachzudenken. Wenn du willst, schreib deine Gedanken dazu auf.

Die Erfahrungen, die wir in unserem ersten Nest machen, sind die Ursache für unsere ersten, unreifen Glaubenssätze hinsichtlich dessen, wie die Welt funktioniert. Sie zeichnen die innere Landkarte, die uns dabei helfen soll, uns in allen künftigen Beziehungen und Erfahrungen zurechtzufinden. Etwa im Alter von zwei Jahren[1] sind die neuronalen Bahnen des Gehirns am aktivsten. Sie arbeiten auf Hochtouren, reorganisieren sich und passen sich an die gemachten Erfahrungen an. Die Kindheit ist hinsichtlich der Bedeutungsfindung und der Herausbildung von Mustern eine äußerst arbeitsreiche Zeit. Es ist die Zeit, in der Festlegungen über uns, andere und die Welt geformt werden. Diese aufkeimenden Erkenntnisse sind machtvoll und beständig. Die Kindheit ist eine Zeit, in der sich für uns nicht nur herausstellt, ob wir anderen Menschen vertrauen können, sondern in der sich auch unser Selbstwertgefühl bildet.

Obwohl auch dir deine innere Landkarte gute Dienste dabei geleistet hat, der Mensch zu werden, der du heute bist, besteht die Möglichkeit, dass einige Informationen, die in jenen unreifen Glaubenssätzen enthalten sind, dir heute die Flügel stutzen und dich von deinem Kurs abbringen. Denn so anpassungsfähig wir als Kinder auch sind, wir verfügen noch nicht über die gesamte Bandbreite an Wissen, das notwendig ist, um die Komplexität erwachsener Beziehungen und der Welt um uns herum zu verstehen. Es ist gut möglich, dass du dich nicht mit deiner Kindheit auseinandersetzen möchtest. Das ist uns bewusst, und wir werden behutsam vorgehen.

Ein gebrochenes Herz verkörpert gleichzeitig einen zwischenmenschlichen Bruch, der unser früh erworbenes Wissen und alte Erfahrungen mit anderen und uns selbst reaktivieren kann. Wenn die Verbindung gekappt ist, versuchen wir, die Verzweiflung zu lindern, automatisch tritt unsere innere Landkarte in Aktion, und unsere frühen Bindungsentwürfe werden aktiviert. Es lohnt sich, einen genaueren Blick darauf zu werfen, weil sie nicht nur Einfluss darauf haben, wie stark die Verzweiflung ist, die wir spüren, wenn uns das Herz gebrochen wurde, sondern auch die Wahrnehmung von uns und unseren Beziehungspartnern beeinflussen.

Wir möchten, dass du dir die volle Kraft deines erwachsenen Verstandes zunutze machst, um die Erlebnisse in deinem frühen Nest neu zu beleuchten, mit anderen Augen zu betrachten und zu verstehen, wie du dir damals die Dinge erklärtest. Dies geschieht aus einer mitfühlenden, verständnisvollen Erwachsenenperspektive heraus, die dafür sorgt, dass du alles Notwendige an die Hand bekommst, um diesen Sturm mit Zuversicht durchzustehen. Dieser Prozess kann starke Gefühle hervorrufen. Denk daran: Diese Gefühle sind wichtig und notwendig, und du bist im Hier und Heute in Sicherheit.

In den Fünfzigerjahren führte der amerikanische Psychologe und Verhaltensforscher Harry Harlow an einer Gruppe Rhesusaffen eine Reihe grausamer Experimente durch.[2] Die jungen Rhesusäffchen wurden kurz nach der Geburt von ihren Müttern getrennt und mit zwei «Mutter»-Attrappen in einen Käfig gesperrt. Die eine Attrappe war mit weichem Stoff bespannt, die andere bestand nur aus einem nackten Drahtgestell, an dem eine Saugflasche mit Milch befestigt war.

Harlow wollte herausfinden, was für die Äffchen wichtiger war: das Bedürfnis nach Nahrung oder das Bedürfnis nach Geborgenheit. Bei Gefahr orientierten sich die Äffchen instinktiv an der «Stoffmutter», selbst wenn sie hungrig waren.

Als wäre diese Versuchsanordnung nicht bereits grausam genug gewesen, entfernten die Forscher die weiche «Mutter» und ersetzten sie durch einen Teddybären, der laute, beängstigende Geräusche von sich gab. Obwohl die Draht-«Mutter» im Käfig verblieben war, flüchteten sich die verängstigten Äffchen nicht zu ihr. Sie kreischten vor Angst, kauerten sich zusammen, schlugen die Hände über den Kopf, lutschten Daumen und schaukelten vor und zurück.

Harlows Versuche zeigten, dass die Rhesusaffen ohne Trost nicht imstande waren, ihre Angst zu regulieren. Den Jungen, die mit den Mütterattrappen aufgewachsen waren, fehlte es später an Bewältigungsstrategien. Sie waren furchtsam, konnten sich nur schwer behaupten, waren weniger neugierig und hatten als ausgewachsene Tiere Schwierigkeiten bei der Partnersuche – kurz

gesagt, sie fühlten sich nicht sicher. Und sie taten, was sie tun mussten, um sich sicherer zu fühlen: Sie reagierten mit Unterwürfigkeit und gingen oft in Deckung, um nicht verletzt zu werden. Das funktionierte einigermaßen gut, bis sie ausgewachsen waren und in komplexere Umgebungen umgesiedelt wurden, wo sie ihre ursprüngliche Strategie der Unterwerfung beibehielten. Doch anstatt zu Sicherheit führte diese Strategie unbeabsichtigt dazu, dass sie als verletzlich erkennbar und dadurch anfällig für Schikane wurden. Nicht, weil mit ihnen etwas nicht stimmte, sondern weil sie durch das, was ihnen in Harlows Experiment widerfahren war, gelernt hatten, auf gefährliche Situationen zu reagieren, indem sie sich nicht bedrohlich verhielten.

Diese unethischen Versuche markierten einen Wendepunkt weg von der viktorianischen Vorstellung, Kinder zu trösten hieße, sie zu verziehen, und die emotionalen Bedürfnisse von Kindern seien irrelevant. Damit war der Bindungstheorie[3] der Weg geebnet, die Vorstellung, dass Säuglinge, um sich sicher zu fühlen, Bestätigung und Trost von einer erreichbaren Bezugsperson benötigen und dass das Ausmaß, in dem dies möglich ist, jenen Bindungsentwurf bildet, welcher sämtliche künftigen Beziehungen prägt – noch lange nachdem die Kinder flügge geworden sind und ihr erstes Nest verlassen haben.

Frühe Bindungsmuster fungieren als emotionales Orientierungssystem, sie versorgen uns mit jenen Koordinaten, die uns dabei helfen, uns mit einem Gefühl von Vorhersehbarkeit und Sicherheit durch die Welt der Beziehungen zu bewegen. Ohne dieses Koordinatensystem wären wir ziemlich verloren. Wenn wir die Flügel spreizen, das Nest verlassen und Kurs auf den weiten Himmel nehmen, werden diese Überzeugungen und Strategien auf den Prüfstand gestellt.

Falls deine innere Landkarte länger kein Update bekommen

hat, wäre dies ein günstiger Moment, um nachzusehen – wer wäre nicht frustriert, wenn das veraltete GPS nicht in der Lage ist, einen auf eine Straßensperrung hinzuweisen?

Falls du das Glück hattest, in einem Nest aufzuwachsen, wo deine Bezugspersonen auf deine frühkindlichen Bedürfnisse eingingen, hast du dich wahrscheinlich verhältnismäßig sicher gefühlt und folglich ein Bindungsmuster entwickelt, das diese Sicherheit widerspiegelt. Dein System zur Emotionsregulation ist gut entwickelt und lässt sich nutzen, um in unruhigem Fahrwasser zu navigieren. In einer fürsorglichen Atmosphäre aufzuwachsen, in der deine Bedürfnisse erfüllt wurden und deinen Gefühlen mit Wertschätzung begegnet wurde, hat dir in deiner Kindheit ein Gefühl der Sicherheit vermittelt. In Beziehungen fühlst du dich ruhig und ausgeglichen, und Intimität und ein wirkliches Einlassen aufeinander sind für dich nicht bedrohlich. Du hast vermutlich ein starkes, schwer zu erschütterndes Selbstempfinden, kannst gut mit Konflikten umgehen, bist emotional stabil und in der Lage, den Höhen und Tiefen einer Beziehung relativ gelassen zu begegnen. Machtkämpfe finden kaum statt, du bist allgemein unterstützend und empathisch und kannst, wenn nötig, um Hilfe bitten. Du tendierst zu «sonnig und sicher». Du bist, mit anderen Worten, sicher gebunden, der **sichere Hafen**.[4]

Haben deine frühen Bezugspersonen auf deine emotionalen und womöglich auch körperlichen Bedürfnisse unzureichend reagiert, hast du dich in deinem ersten Nest wahrscheinlich durcheinander und wenig sicher gefühlt. Vermutlich hast du alle zur Verfügung stehenden emotionalen Reaktionen ausprobiert und – wie die Affenjungen – schnell gelernt, dass in einer unsicheren Umgebung manche Reaktionen für mehr Sicherheit sorgten als andere. Wir alle orientieren uns sehr eng an dem, was uns Sicherheit verschafft, weshalb es äußerst schwer sein kann, erlernte Strategien zu verändern, selbst wenn neue Strategien besser funktionieren würden. Für manche kann das bedeuten, zu große Nähe zu vermeiden – wir nennen sie **einsame Wölfe**.[5] Andere wiederum werden versuchen, größtmögliche Nähe herzustellen – die **Klammeräffchen** mit unsicher-ängstlichem Bindungsstil.[6] Und dann gibt es noch diejenigen unter uns, die nicht wissen, ob Nähe oder Distanz sicherer ist – die **Wankelmütigen**.[7]

Sehen wir uns diese Kategorien im Einzelnen etwas näher an.

Der einsame Wolf. Wer in Beziehungen möglichst selbstständig und unabhängig agiert und sich unwohl fühlt, sobald die emotionale Temperatur zu sehr ansteigt, ist womöglich ein einsamer Wolf. Einsame Wölfe können warmherzig und liebevoll sein. Gleichzeitig empfinden sie die Herausforderungen, die mit Intimität einhergehen, als bedrohlich. Emotionale Nähe bringt ihre tieferliegenden Gefühle zum Vorschein, und wenn sie unter Druck geraten, setzt der Fluchtimpuls ein – der Situation ist nicht zu trauen, weshalb sie von vornherein auf Abstand bleiben. Auch Konflikte können sich bedrohlich anfühlen. Einsame Wölfe neigen dazu, auszuweichen und distanziert zu bleiben, um sich gegen das Gefühl von Unsicherheit zu wappnen. Das erste Nest des einsamen Wolfs zeichnet sich durch mangelnde Empfänglichkeit der Bezugspersonen aus oder aber durch überkontrollierende, überfürsorgliche Bezugspersonen. Unter dem Strich tut der einsame Wolf, was er tun muss, um sicher zu sein – er entwickelt die Schutzstrategien Unabhängigkeit und Selbstständigkeit. Falls sich emotionale Nähe für dich überfordernd anfühlt und du die Vorstellung, gefesselt zu werden, schrecklich findest (mit der Ausnahme von Bettpfosten, vielleicht), trifft diese Kategorie womöglich auf dich zu. Der klassische einsame Wolf könnte auf die Frage «Wieso hast du eigentlich nie eine Familie gegründet?» mit «Ich habe noch nicht den richtigen Menschen getroffen» antworten. Dadurch verlagert der einsame Wolf das Problem ins Außen und vermeidet es, die eigene Verletzlichkeit preiszugeben. Da sich der einsame Wolf seiner Not oft selbst nicht bewusst ist, neigt er dazu, sein Bedürfnis nach Bindung zu unterdrücken, und sucht nach Unabhängigkeit, um die gemachten Erfahrungen zu regulieren. Das geprägte Orientierungssystem eines einsamen Wolfs sieht in etwa so aus:

Wenn *ich Abstand halte*, dann *bin ich in Sicherheit*.

Das Klammeräffchen. Wer auf Zurückweisung empfindlich reagiert und Angst hat, dass Bindungen zerbrechen könnten, wer andere gern in der Nähe hat, sehr sensibel ist, was die emotionale Temperatur betrifft, und ein großes Maß an Bestätigung braucht, dass alles in Ordnung ist, könnte ein Klammeräffchen sein. Gut möglich, dass die frühen Bezugspersonen zugänglich waren, aber oft ohne Verlass: manchmal wurden die Bedürfnisse befriedigt und manchmal nicht. Diesbezüglich bestand Ungewissheit, weshalb es wichtig war, immer wachsam und in der Nähe zu bleiben. Im Gegensatz zum einsamen Wolf sieht das Klammeräffchen das Problem bei sich, sucht dementsprechend den Fehler bei sich und gibt sich selbst die Schuld. Das Klammeräffchen kann freiheitsliebend und fröhlich sein, aber sobald es Konflikte wittert, Trennung oder Zurückweisung, greift es zu Bewältigungsstrategien, die in noch größerer Nähe resultieren. Es konzentriert sich darauf, die emotionale Nähe wiederherzustellen und endlos über Worst-Case-Szenarien nachzudenken.[8]

Stell dir ein Gespräch mit deinem besten Freund, einem Klammeräffchen, nach seinem ersten Date vor.

«Und, wie ist es gelaufen?», fragst du ihn. «War's schön?»

«Ich habe ihr gleich gestern Abend noch drei Textnachrichten geschickt, aber sie hat immer noch nicht geantwortet. Wahrscheinlich hat sie kein Interesse. Meinst du, ich soll ihr noch mal schreiben?», könnte die Antwort des Klammeräffchens lauten. Das Klammeräffchen braucht Kontakt, um sich zu vergewissern, dass alles in Ordnung ist. Das geprägte Orientierungssystem sieht in etwa so aus:

Wenn *ich in der Nähe bleibe*, dann *fühle ich mich sicher*.

Die Wankelmütigen. Kinder, deren frühkindliche Bezugsperson nur unzuverlässig empfänglich ist und in deren Fürsorge es außerdem eine manchmal gefährliche und strafende Dimension gibt – wenn von der «sicheren» Bezugsperson gleichzeitig «Gefahr» ausgeht –, wachsen auf unsicherem Boden auf. Teils einsamer Wolf und teils Klammeräffchen, erleben die Wankelmütigen ihre Beziehungen oft stürmisch und manchmal verwirrend. Wankelmütige haben Schwierigkeiten, wirklich zu wissen, wo sie stehen, ob sie vertrauen können oder nicht oder wie die Sicherheitssignale zu deuten sind. Deshalb fällt es ihr oder ihm oft schwer, sich in Beziehungen zurechtzufinden. Wenn du häufig Probleme damit hast, zu verstehen, was in einer Beziehung eigentlich los ist, nicht weißt, ob du bleiben oder die Beine in die Hand nehmen sollst, kannst du dieser Kategorie angehören. Das geprägte Orientierungssystem sieht in etwa so aus:

Wenn *ich wachsam bleibe*, dann *bin ich in Sicherheit*.

Erwähnenswert ist außerdem, dass die Erfahrung, verraten worden zu sein, sich vorübergehend anfühlen kann wie das Erleben von Wankelmütigen – die sichere Person hat eine plötzliche Kehrtwende vollzogen und ist zur Gefahr geworden, und der bzw. die Verratene fühlt sich verwirrt und desorientiert.

* * *

Wenn einsamer Wolf und Klammeräffchen in einer Beziehung sind, kann das Wechselspiel von Wollen und Nicht-Wollen sowohl für intensive Momente der Verbindung sorgen als auch für gleichermaßen intensiven Schmerz. Die eine will mehr und der andere weniger, Nähe macht dem einen Angst und Distanz der anderen.

Das erste Date: Der einsame Wolf verhält sich zuvorkommend und selbstsicher und stellt interessierte Fragen. Dies ist vertrautes Terrain, man muss sich nicht zu nahe kommen. Das Klammeräffchen wiederum findet dieses Verhalten attraktiv, signalisiert Interesse und strahlt eine beruhigende Nähe aus – beide wollen einander nahe sein, der Tanz beginnt. Der einsame Wolf genießt die Aufregung der aufkeimenden Beziehung, schließlich ist Aufregung schön. Sobald es aber danach aussieht, als würde sich die Sache in Richtung Verpflichtung entwickeln, werden die Echos alter Muster wach. Der einsame Wolf zieht sich zurück. Doch während er (oder sie) davonläuft (und dabei oft einen Sprint hinlegt), ist das Klammeräffchen längst nervös geworden, greift zum Fernglas, pfeift die Spürhunde zusammen und schickt das mobile Einsatzkommando los.

Auch Wankelmütige laufen davon – ebenfalls mit beträchtlicher Geschwindigkeit –, fühlen sich allerdings schon bald darauf verloren, weil sie keinen Proviant eingepackt und außerdem den Kompass vergessen haben. Also machen sie kehrt und laufen zurück nach Hause. Falls dann die Beziehungspartnerin bzw. der Partner ebenfalls zu den Wankelmütigen zählt, kann es passieren, dass bei

Rückkehr der Kühlschrank leer und das Auto verschwunden ist. Keiner von beiden weiß, was los ist oder wo der bzw. die andere steckt. Gelingt es jedoch beiden, dazubleiben und ihre Gefühle der Unsicherheit zuzulassen und zu durchleben, treffen sie am Ende der Krise wieder aufeinander und können wieder zur Ruhe kommen.

Der Schlüssel zum Erfolg liegt bei sämtlichen Kombinationen in klarer Kommunikation. So könnte der einsame Wolf vor der nächsten Flucht einen Zettel hinterlassen, der dem Klammeräffchen signalisiert, dass es sich entspannen kann:

Ich brauche Zeit für mich.
Ich liebe dich.
Bin um 18 Uhr zurück.

Während alldem sitzt der sichere Hafen einfach nur da, betrachtet verwundert das Hin und Her, fragt sich, was das ganze Theater soll, und weiß, dass die Wogen sich von selbst wieder glätten werden. Der sichere Hafen weiß, dass sein einsamer Wolf Zeit für sich braucht und wiederkommt, wenn er genug Freiraum hatte, oder dass sein Klammeräffchen eine Umarmung und Bestärkung braucht. Die Wankelmütige darf ihren sicheren Hafen nach Herzenslust umkreisen, der seinerseits nicht mal mit der Wimper zuckt.

Falls du also den Drang verspürst, die Beine in die Hand zu nehmen oder das mobile Einsatzkommando zu rufen, oder einfach nur müde und hungrig bist, versuch, deine Bedürfnisse klar zu artikulieren – mit Worten. Und falls dir der sichere Hafen ein bisschen zu zuverlässig erscheint, was seine Fähigkeit betrifft, deine Bedürfnisse zu erfüllen, und dafür ein bisschen zu wenig Chemie im Schrank zu haben scheint (wo bleibt der Dopaminkick?), jag ihn vielleicht nicht gleich zum Teufel, denn der sichere Hafen könnte genau das sein, was du brauchst – nicht nur, um dich sicher zu fühlen, sondern um tatsächlich in Sicherheit zu sein.

* * *

Vielleicht fragst du dich gerade, welches dieser Bindungsmuster am ehesten auf dich zutrifft. Menschen lassen sich nur selten eindeutigen Kategorien zuordnen – möglicherweise fühlst du dich bei bestimmten Menschen sicher, oder in bestimmten Gemeinschaften, während du bei anderen immer das Gefühl hast, dich auf dünnem Eis zu bewegen. Konzentrier dich für den Moment am besten auf die Beziehung, die dich hierhergeführt hat, und schau, ob du darin Anklänge an eines dieser Muster erkennen kannst.

Wir alle entwickeln von klein auf Strategien, die uns dabei helfen, uns in den Dynamiken unserer Beziehungen sicher und zuversichtlich zu fühlen. Meistens klingen sie nach einem Bedingungssatz: *Wenn ... dann ...* Vielleicht kommen dir einige der Strategien bekannt vor, die im Zusammenhang mit den verschiedenen Bindungstypen beschrieben wurden, vielleicht unterscheiden sich deine Strategien aber auch hinsichtlich der Betonung oder in bestimmten Details. Versuch doch mal herauszufinden, welche deiner Strategien auf dich zutreffen könnten. Hier sind einige Beispiele:

> *Wenn* ... ich tue, was man mir sagt, *dann* ... sind meine
> Eltern nicht böse auf mich.
> *Wenn* ... ich meine Gefühle nicht zeige, *dann* ... werde ich
> nicht gehänselt.
> *Wenn* ... ich die Kontrolle habe, *dann* ... bin ich vor bösen
> Überraschungen sicher.

Wenn ... ich andere zum Lachen bringe, *dann* ... mach ich sie glücklich.

Wenn ... ich tue, was andere wollen, *dann* ... werde ich nicht zurückgewiesen.

Wenn ... ich mehr wie meine Schwester bin, *dann* ... werde ich geliebt.

Wenn ... ich wütend werde, *dann* ... werde ich bestraft.

So hilfreich diese Schutzstrategien in unserer Kindheit auch waren, es kann sein, dass sie ihren Nutzen längst überdauert haben und uns, wenn wir uns heute in neuen Situationen wiederfinden, behindern und unseren Handlungsspielraum hinsichtlich der Bedürfnisse veränderter sozialer und emotionaler Kontexte beträchtlich einschränken.

Kapitel 9

Die Dunkle Triade

Es gibt Situationen, in denen alles Wissen um unser Bindungsmuster und all unsere Schutzstrategien uns weder weiterhelfen noch Schutz gewähren. Denn es gibt Menschen – charmant, attraktiv und mächtig –, für die die üblichen Regeln nicht gelten. Sie spielen das Spiel der «Dunklen Triade», der unheiligsten Dreifaltigkeit – Narzissmus, Psychopathie, Machiavellismus[1] –, die in Bezug auf Beziehungen mit einer riesengroßen roten Warnflagge versehen ist.[2]

Die wenigsten Menschen erfüllen die klinischen Kriterien für auch nur eine dieser Persönlichkeitsstrukturen, vom gesamten Dreigestirn ganz zu schweigen – zum Glück. Doch je mehr Wesensmerkmale einer dieser Strukturen jemand besitzt, desto mehr entfernt sich sein oder ihr Verhalten gegenüber anderen von den allgemein anerkannten Regeln. Mehr noch, es gibt Menschen, die das Regelwerk der Interaktion komplett in Fetzen gerissen und in den Müll geworfen haben (oder dir direkt ins Gesicht)!

Narzisst:innen besitzen ein übersteigertes Gefühl der eigenen Bedeutung und ein überzogenes Bedürfnis nach Bewunderung und Aufmerksamkeit. Sie vereinnahmen Beziehungen mit ihren hohen Ansprüchen und unerreichbaren Maßstäben. Es gibt solche, die äußerst selbstbewusst und fordernd auftreten (lärmende Selbstdarsteller:innen), und auch solche, die eher gehemmt, verschlossen und fragil wirken (die vulnerablen Narzisst:innen). Beiden Aus-

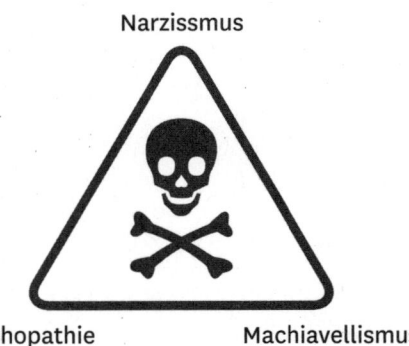

prägungen liegen dieselbe Anspruchshaltung, dasselbe Überlegenheitsgefühl und dieselbe Feindseligkeit zugrunde.

Psychopath:innen sind häufig überdurchschnittlich intelligent, vordergründig charmant, manipulativ und neigen zu Großspurigkeit. Ihnen mangelt es an der Fähigkeit, Reue oder Scham zu empfinden, und sie beenden Beziehungen oft, ohne mit der Wimper zu zucken. (Was heißt schon Liebe?)

Machiavellist:innen sind ein besonders gerissener, fieser Haufen, heuchlerisch, intrigant und skrupellos. Gleichgültig gegenüber grundlegender Moral, sind sie häufig rücksichtslos ehrgeizig und schrecken vor nichts zurück, um ihre Ziele zu erreichen.

In so jemanden verliebt sich niemand freiwillig.

Aber die Sache ist die: Mitglieder der Dunklen Triade verstehen es oft extrem gut, anderen zu schmeicheln, sie besitzen Ausstrahlung, sind sexuell souverän, charmant, sehr gepflegt und manchmal wohlhabend und mächtig. Sie vermitteln ihrem Gegenüber ein Gefühl von «wir zwei gegen den Rest der Welt», vergleichbar mit Bonnie und Clyde (hoffentlich ohne Tote). Sie sind voller Elan und haben zum Beispiel kein Problem damit, einem ihre Telefonnummer ins Smartphone zu tippen, nach der Jacke zu greifen und zu sagen: «Gratuliere. Du hast das große Los gezogen.»

Aufgrund der Chemie, die sie ausstrahlen, erscheinen Menschen mit diesen Wesensmerkmalen häufig wie die oder der «Richtige», und wenn sie einen ins Visier nehmen, kann es sehr schwer werden zu widerstehen. Allerdings bedeutet diese Chemie nur selten die große Liebe, trotz der überwältigenden Gefühle. Es überrascht vielleicht nicht wirklich, dass Mitglieder der Dunklen Triade eher zu Untreue[3] neigen als andere.

Außerdem besitzen sie großes Talent darin zu lügen, etwas, das die meisten von uns wiederum notorisch schlecht erkennen. Falls du dir zum Vorwurf machst, die Warnzeichen nicht früher erkannt, die Zeichen nicht richtig gedeutet, nie den Verdacht gehegt zu haben, dass die Drinks nach der Arbeit oder die vielen Geschäftsreisen alles andere als harmlos waren, und ganz allgemein, überhaupt auf diesen Menschen hereingefallen zu sein, bist du damit nicht allein. Die Mitglieder der Dunklen Triade können hervorragend manipulieren. Unerkannt weben sie über Monate und Jahre ihre verschlungenen Netze der Täuschung. Wären sie nicht in der Lage, andere mit ihrem Charme hinters Licht zu führen, wären sie ziemlich einsam. Sie haben sogar die körperlichen Symptome im Griff, die mit Lügen einhergehen – Schwitzen, Zappeln, unruhiger Blick. Während die meisten Menschen eher zum Typus «Lügner:in mit kurzen Beinen» gehören,[4] verbergen diese Experten ihre Unaufrichtigkeit hinter einer Blende aus Charme und Verführungskraft, auf die die meisten von uns reinfallen würden.

Geh also nicht zu hart mit dir ins Gericht, wenn du dich in einen dieser charmanten Liebeswerwölfe verliebt hast. Und falls du dir nicht sicher bist, ob das auf dich zutrifft, hier einige Schlüsselhinweise:

Du hast keinen Kontakt mehr zu Freund:innen und Familie.
Du fühlst dich immer wieder verunsichert.

Deine Bedürfnisse werden nicht berücksichtigt.

Du zweifelst an deinem Verstand.

Deine Version der Ereignisse wird ständig in Abrede gestellt.

Du möchtest die Beziehung beenden, doch das erscheint dir unmöglich.

Falls du dich in einem oder mehreren Punkten auf dieser Liste wiedererkennst, ist es wichtig zu verstehen, dass du nicht allein bist und dass du nicht den Verstand verlierst. Es kann allerdings sein, dass du mit einem Menschen liiert bist, der – ganz gleich, wie sehr du versuchst, etwas daran zu ändern – deine Bedürfnisse niemals erfüllen wird. Diese Erkenntnis kann beängstigend, ja geradezu schockierend sein. Vielleicht verspürst du aber auch ein Gefühl der Erleichterung. Was auch immer diese Erkenntnis in dir auslöst, verurteile dich nicht dafür, lass die Gefühle zu. Wir sind hier, um dir beizustehen.

Kapitel 10

Identität

Ehe wir weitermachen, möchten wir dich bitten, das Kinderfoto bereitzulegen, um das wir dich am Anfang gebeten haben. Wir werden uns gleich auf eine kleine Zeitreise begeben. Dazu ist es wichtig, dass du einen sicheren Raum um dich herum schaffst, der dir dabei hilft, dich während dieser Reise geerdet zu fühlen. Lies den folgenden Abschnitt, schließe im Anschluss die Augen und folge den Anleitungen aus dem Gedächtnis.

Nimm eine möglichst bequeme Sitzhaltung ein oder leg dich gerade hin, sodass Kopf, Nacken und Wirbelsäule eine Linie bilden. Wenn du sitzt, stell die Füße nebeneinander auf den Boden und lass die Hände im Schoß ruhen. Wir werden dich gleich bitten, dich mithilfe deiner Vorstellungskraft in einen Zustand tiefer Entspannung und Stille zu begeben.

Zu Beginn mach einige tiefe Atemzüge, atme dabei vollständig ein und wieder aus. Wenn du dann wieder einatmest, versuch, die warme Energie des Atems überall dorthin zu lenken, wo dein Körper sich angespannt, eng oder schmerzhaft anfühlt, und lass mit dem Ausatmen sämtliche Anspannung abfließen. Atme vollständig aus. Wiederhole dies ein paarmal, bis eine erste Entspannung spürbar wird.

Sämtliche Emotionen und Gedanken, die du jetzt noch in dir wahrnimmst, können mit dem Atem begrüßt und beruhigt werden, sodass dein emotionales Selbst mit der Zeit still und ruhig wird wie ein See mit spiegelglatter Oberfläche.

Jetzt stell dir einen Ort vor, an dem du dich ruhig, friedlich und unbeschwert fühlst, das kann ein Ort aus deiner Vergangenheit sein oder einer, an dem du schon immer mal sein wolltest. Wo genau, ist egal, solange sich dieser Ort für dich gut und sicher anfühlt. Lass diesen Ort so real wie möglich vor deinem inneren Auge auftauchen. Sieh dich dort um und nimm alles in dich auf: die Landschaft, die Farben, die Gerüche und Geräusche. Du kannst dazu gern ein paar Minuten lang die Augen schließen. Spür, wie die Sicherheit und der Frieden, die von diesem Ort ausgehen, deine Haut durchdringen, hineinfließen in Muskeln und Knochen, in jede einzelne Zelle, bis hin zu der Stille in deinem innersten Kern.

Diesen sicheren Ort in deiner Vorstellung kannst du ab jetzt aufsuchen, wann immer du willst, um Körper und Geist zu entspannen, ganz einfach, indem du eine bequeme Haltung einnimmst und dich gedanklich dorthin versetzt.

* * *

Im Anschluss an diese Übung mach es dir mit deinem Notizbuch bequem. Bitte denk an eine schwierige Situation in deinem Leben vor dem zehnten Geburtstag zurück. Sobald du eine Situation gefunden hast, nimm wiederum einige tiefe Atemzüge, atme durch die Nase ein und durch den Mund wieder aus und lass dabei sämtliche Anspannung im Körper mit dem Ausatmen abfließen. Lass dich von deinem frei fließenden Atem an einen Ort der Stille führen. Es besteht keine Eile. Bleib einfach bei deinem Atem und beobachte das Heben und Senken der Bauchdecke. Lass aufkommende Gedanken vorüberziehen, ohne sie zu bewerten. Alles ist gut.

Sobald du in einem stabilen Zustand der Ruhe bist, wende dich der Erinnerung zu, die du dir im Vorfeld ausgesucht hast. Bitte stell dir dein jüngeres Ich dabei vor wie auf einem Fernsehbildschirm. Beschreibe, was du siehst, so detailgetreu wie möglich. Was tut sie? Wer ist bei ihr? Was geschieht gerade? Was fühlt sie? Lass dir Zeit, bis die Erinnerung wirklich lebendig wird.

Tief in deinem Inneren wartet das kleine Mädchen auf dich, das du einst warst. Sie hat unerfüllte Bedürfnisse, die du schon lange vergessen hast. Sie hat das Bedürfnis, sich sicher, geliebt und geschätzt zu fühlen und sie selbst sein zu dürfen.

Jetzt stell dir bitte vor, wie du die Szene auf dem Bildschirm betrittst, als die erwachsene Frau, die du heute bist. Geh zu ihr und stell dich neben sie. Wenn du willst, nimm die Kleine in den Arm und sag ihr, wer du bist. Sag ihr, wie sehr du dich freust, sie zu sehen, und frag behutsam, wie es ihr geht.

Die Kleine wird dir etwas Wichtiges mitteilen; sie wird dir sagen, wie sie sich in Bezug auf sich selbst fühlt. Hör aufmerksam hin, denn es ist gut möglich, dass ihr das schwerfällt.

> Was erzählt sie dir? (*Ich bin ...*) Schreib alles auf, was kommt.

Dann beug dich zu ihr hinunter und sag ihr voller Wärme und mit großem Mitgefühl, du wüsstest, dass sie ihr Bestes getan hat, dass die Situation für sie schwierig und verwirrend war und dass du ihr sagen möchtest, wie du sie erlebst.

> Was sagst du zu ihr? (*Ich bin ...*) Schreib alles auf, was kommt.

Wie reagiert sie? Verändert sich ihr Gesichtsausdruck? Gibt sie dir eine Antwort?

Nimm dir etwas Zeit, um diese Verbindung zu genießen. Du kannst ihr zu verstehen geben, dass du von nun an immer für sie da sein wirst.

Wenn du bereit bist, bring behutsam die Aufmerksamkeit zurück zum Atem und zu deinen Körperempfindungen.

Du hast soeben etwas sehr Wichtiges, Großherziges und Heilendes vollbracht. Nimm dir alle Zeit, die du brauchst.

Alice

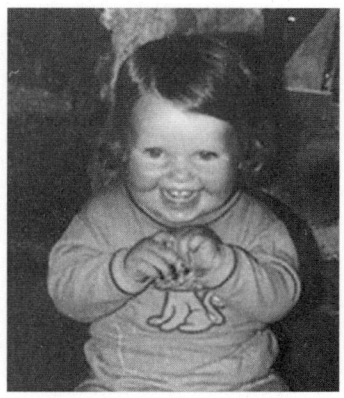

Ruth

Die Gefühle, die du als Kind in dieser Erinnerung hattest, stehen für den unreifen Glaubenssatz, den du über dich selbst entwickelt hast. Was dein erwachsenes Ich dem Kind gesagt hat, ist eine neue, gereifte Überzeugung, getränkt mit Verständnis und Empathie, und steht damit viel mehr für die, die du heute bist. Als erwachsene Frau bist du in der Lage zu sehen, was dein jüngeres Ich damals nicht erkennen konnte: Es war nicht ihre Schuld, sie gab ihr Bestes und war nicht in der Lage, alle Zusammenhänge zu verstehen, weil sie noch ein Kind war.

Nimm dir Zeit, um deine Erinnerung aufzuschreiben und darüber zu reflektieren, was dein jüngeres Ich über sich dachte (unreifer Glaubenssatz), und darüber, was du ihr als Erwachsene über sie erzählt hast (gereifte Überzeugung). Was hast du getan, um mit dem unreifen Glaubenssatz umzugehen und das Gefühl aufrechtzuerhalten, sicher zu sein? Welche Schutzstrategien hast du entwickelt? Auf welche Weise hat sich das in deinem Leben bis heute eventuell unterstützend oder behindernd ausgewirkt?

Lass uns jetzt einen Blick auf die Kindheitserinnerungen deiner Gefährtinnen werfen und erforschen, was in ihnen vorging, wie sie sich in ihren engen Beziehungen orientierten und welche Bewältigungsstrategien sie entwickelten.

* * *

Liebe Leserin, ehe wir weitermachen: Falls die Schilderungen der anderen Frauen oder die Auseinandersetzung mit deiner eigenen Geschichte dich aufwühlt, denk daran, dass du jederzeit den «Anker werfen» kannst, um dich zu erden.

* * *

ESHES Erinnerung:

> Eshe ist acht oder neun. Sie ist im Garten und tanzt mit ihrer kleinen Schwester. Die Eltern feiern ein Grillfest. Es gibt Musik, die Leute rauchen und trinken, die Stimmung ist fröhlich. Eshe hält sich mit ihrer Schwester bei den Händen, sie wirbeln im Kreis, schneller und schneller. Plötzlich fällt Eshe hin, ein scharfer Schmerz durchzuckt ihren Kopf. Sie liegt auf der Erde, Menschen starren sie an. Ihr Vater eilt herbei, zerrt sie hoch, packt sie an den Haaren und schleift sie ins Haus. Im Garten herrscht Totenstille. Eshe wappnet sich, hält sich die Hände vors Ge-

sicht. Sie weiß, was jetzt kommt. Ein harter Schlag auf den Kopf, er brüllt, sagt, sie habe die Party ruiniert. Eshe hebt die Hand, Blut läuft ihr durch die Finger – offenbar hat er sie mit dem Ring an der Nase erwischt. Ihr ist schwindlig und benommen zumute, und sie hat Angst. Ihr Vater schickt sie brüllend auf ihr Zimmer und sagt, dass sie sich nicht wieder blicken lassen soll. Eshe würde sich gern aufs Bett legen, aber sie hat Angst, alles dreckig zu machen. Sie nimmt ein Taschentuch und presst es gegen die Nase, um die Blutung und das Pochen zu stoppen. Sie zittert vor Schmerzen und vor Angst. Und sie ist wütend, auf sich, auf alle anderen, hauptsächlich aber auf ihren Vater. Als es allmählich aufhört zu bluten, beruhigt Eshe sich wieder. Sie beschimpft sich als ungeschickten Trampel, gibt sich die Schuld. Warum muss sie immer alles kaputtmachen? Sie muss sich wirklich mehr Mühe geben, ihren Dad nicht immer so wütend zu machen. Sie schwört sich, dass so was nie wieder passieren wird.

Eshes Kindheit war über weite Strecken chaotisch, die Trinkerei machte ihren Vater unberechenbar und aggressiv. Sie konnte seine Stimmung nie einschätzen, wusste nur, dass seine Wut meistens in Gewalt umschlug. Sie war zu jung, um zu verstehen, dass er Alkoholiker war, und gab sich große Mühe, für gute Stimmung zu sorgen und so zu vermeiden, bestraft zu werden. Wenn es doch geschah, gab sie sich die Schuld, weil ihr das zumindest das Gefühl gab, Kontrolle über die Situation zu haben. Wenn es ihr Fehler war, hatte sie es in der Hand, es zu ändern, indem sie sich besserte und noch mehr Mühe gab. In Wirklichkeit jedoch fühlte sie sich allein, ungeliebt und nicht gut genug, weil sie nicht in der Lage war, die Situation zu verändern. Vielleicht merkte niemand, wie es ihr tatsächlich ging, weil sie es sehr gut verstand, nach außen hin ruhig und fröhlich zu wirken, als ließe sie sich durch nichts aus der Ruhe bringen. In ihrem Inneren aber war Eshe verängstigt und verletzt und hatte Zweifel, ob überhaupt jemand für sie da war.

In Eshes Erinnerung erzählte die kleine Eshe der Erwachsenen, wie sie sich fühlte: «Ich tauge nichts. Es ist meine Schuld, dass schlimme Dinge passieren.»

Um sich zu schützen, entwickelte sie ein hochsensibles Frühwarnsystem, das noch so kleine Veränderungen in der Atmosphäre registrierte. Obwohl sie nicht immer wusste, was im Augenblick gebraucht wurde, versuchte sie, die Dinge nicht noch schlimmer zu machen und immer ein fröhliches Gesicht aufzusetzen, um zu verhindern, dass ihr Vater wütend wurde.

Wenn ich aufpasse, dann wird es nicht noch schlimmer.

Wenn ich fröhlich bin, dann wird niemand wütend.

Als erwachsene Frau weitete Eshe die erlernten Strategien auf ihre Beziehungen aus, um den Anschein von Kontrolle aufrechtzuerhalten. Dies galt auch für die Partnerschaft mit ihrem Herzensbrecher.

Meistens funktionierten Eshes Strategien, um sich sicher zu fühlen. Doch um jeden Preis den Frieden zu wahren, hatte zur Folge, dass ihre eigenen Bedürfnisse aus dem Blickfeld gerieten und sie sich zunehmend verloren fühlte, ausgelaugt und von sich selbst abgetrennt. Außerdem änderte es nichts daran, dass die Menschen weiter wütend wurden. Wenn das passierte, beendete sie nicht etwa die Beziehung, sondern versuchte, die Situation zu deeskalieren und die Harmonie wiederherzustellen, um sich wieder sicher fühlen zu können.

Als Eshe mit ihrem jüngeren Ich in Kontakt ging, sagte sie ihr, dass sie liebenswert sei, dass sie Sicherheit bräuchte und es nicht ihre Schuld gewesen sei. Sie sagte ihrem jüngeren Ich, dass sie wichtig ist und um Hilfe bitten darf.

Eshe

Unreifer Glaubenssatz: Ich tauge nichts; es ist meine Schuld, wenn schlimme Dinge passieren.

Schutzstrategie: Wenn ich aufpasse, dann wird es nicht noch schlimmer. Wenn ich fröhlich bin, dann wird niemand wütend.

Unbeabsichtigte Folge: Ich fühle mich verloren und abgetrennt und ausgelaugt.

Gereifte Überzeugung: Ich bin liebenswert. Es ist nicht meine Schuld. Ich bin wichtig und darf um Hilfe bitten.

ROBYNS Erinnerung:

Robyn ist neun Jahre alt. Ihre Mutter hält eine große Packung Fruchtgummis in der Hand. Robyn versucht, das Etikett zu erkennen, weil sie wissen möchte, welche Sorte es ist. Sie hofft, es sind ihre Lieblingsbonbons – Rhabarber-Vanille –, aber dann sieht sie das wütende Gesicht ihrer Mutter und begreift, dass etwas passiert sein muss. Sie bekommt eigentlich nur an ihrem Geburtstag Süßigkeiten, und es ist immer noch Mai. Dann kommt es – ihre Mutter unterstellt ihr, sie hätte die Süßigkeiten im Zeitungsladen gestohlen. Dabei hat Robyn die Packung noch nie gesehen. Ihr Magen krampft sich zusammen. Sie sagt ihrer Mutter, dass sie die Süßigkeiten nicht gestohlen hat, aber ihre Mutter glaubt ihr nicht. Sie sagt, sie hätte die Packung in Robyns Schulranzen gefunden, zeigt ihr genau, wo. Robyn weiß, dass sie die Tüte dort nicht hingetan hat und dass sie die Fruchtgummis nicht gestohlen hat. Ihre Mutter scheucht sie aus dem Haus, sagt, sie muss die Tüte zurück zum Laden bringen und sich bei der Besitzerin entschuldigen. Als Robyn an der Treppe vorbeigeht, sieht sie oben ihren Bruder stehen. Er feixt. Sie will etwas sagen, aber ihre Mutter fährt ihr über den Mund. Ben ist zwei Jahre älter und der Liebling ihrer Mutter. Robyn weiß, dass jeder Protest zwecklos ist, weil ihr Bruder in den Augen ihrer Mutter ein Engel ist. So etwas passiert nicht zum ersten Mal. Zehn Minuten später stehen sie vor der Ladenbesitzerin, ihre Mutter legt die Tüte auf den Tresen und verlangt von Robyn, sich zu erklären. Robyn weiß, dass sie es am schnellsten hinter sich hat, wenn sie sich jetzt entschuldigt, aber sie will sich nicht für etwas entschuldigen, das sie nicht getan hat. Sie hebt den Blick zur Decke, schaut dann zu Boden und stellt sich vor zu verschwinden. Gesicht und Wangen brennen lichterloh, sie macht auf dem Absatz kehrt und rennt davon, ohne sich noch einmal umzusehen.

Robyn wuchs mit dem Gefühl auf, nicht in der Lage zu sein, für sich und ihre Wahrheit einstehen zu können und immer klein beigeben zu müssen, von ihrem Bruder tyrannisiert und von ihrer Mutter beschuldigt. Die kleine Robyn in ihrer Erinnerung erzählte der Erwachsenen, sie wäre ganz allein, niemand wäre auf ihrer Seite und etwas an ihr müsse schlecht sein, weil sonst nicht alle immer so gemein zu ihr wären. Sie tat, was nötig war, um sich zu schützen. Sie ging auf Abstand zu den Menschen in ihrer Umgebung und im Laufe der Zeit auch zu sich selbst. Als sie größer wurde, verbrachte sie immer weniger Zeit zu Hause und kapselte sich zunehmend ab. Sie mied andere Menschen, um zu vermeiden, verletzt zu werden. Als junge Erwachsene entdeckte sie, dass Alkohol ihr dabei half, sich besser zu fühlen, mit anderen in Kontakt zu kommen, und vor allem, die emotionalen Herausforderungen intimer Beziehungen zu meistern. Doch die unbeabsichtigte Folge der Flucht in den Alkohol war, dass sie sich zunehmend von den Menschen um sie herum isolierte. Das Gefühl des Getrenntseins brachte ihr unter dem Strich mehr Schmerz als Sicherheit. Sie war immer außen vor und wurde von dem Unaussprechlichen ausgerechnet wegen der Strategie verlassen, die sie gewählt hatte, um sich sicher zu fühlen: ihre Distanziertheit. Als die erwachsene Robyn zu ihrem jüngeren Ich Kontakt aufnahm, sagte sie ihr, dass sie wisse, weshalb sie verängstigt und einsam sei, und dass ihre Gefühle wichtig wären. Sie sagte ihr, dass sie mutig sei und an ihr nichts Schlechtes wäre. Sie kreierte für ihr jüngeres Ich eine gereifte Überzeugung – Robyns Gefühle sind wichtig, und sie ist ein mutiger, guter Mensch.

Robyn

Unreifer Glaubenssatz: Ich bin allein, niemand steht auf meiner Seite, und ich bin schlecht.

Schutzstrategie: Wenn ich mich isoliere und von anderen zurückziehe, werde ich nicht verletzt.

Unbeabsichtigte Folge: Ich bin immer außen vor und fühle mich noch einsamer und werde immer noch verletzt.

Gereifte Überzeugung: Meine Gefühle sind wichtig, ich bin wertvoll und darf mich mit anderen sicher fühlen.

NADIAS Erinnerung:

Nadia ist sechs Jahre alt. Ihr Vater nimmt sie mit in sein Büro in einem riesengroßen Gebäude. Er ist Dozent für Biologie. Es ist Wochenende, und das Gebäude ist leer. Nadia ist überglücklich, mit ihm hier sein zu dürfen, nur sie beide. In seinem Arbeitszimmer stehen zwei Schreibtische, einer gehört ihm und der andere seinem Kollegen, von dem Nadia schon viel gehört hat. Nadias Vater hat einen Drehstuhl. Nadia setzt sich drauf, stößt sich vom Boden ab und saust im Kreis. Sie tut, als wäre sie erwachsen, hebt den Telefonhörer ab, drückt sämtliche Knöpfchen auf dem Apparat.

Ein Mann betritt das Zimmer, und Nadia spürt, wie sich etwas verändert. Er trägt einen gestreiften Anzug und eine dicke Brille. Nadia glaubt, dass er sehr wichtig und sehr klug ist. Dann entdeckt sie den Jungen, der mit ihm ins

Zimmer gekommen ist. Er trägt auch einen Anzug, denselben wie sein Vater – «Wie albern», denkt Nadia. Der wichtige Mann unterhält sich in gedämpftem Tonfall mit ihrem Vater. Nadia weiß nicht, worum es geht. Der Junge steht in der Ecke vor einem menschlichen Skelett und rattert die Namen von Knochen herunter. Das meiste hat Nadia noch nie gehört. Der Junge wirkt selbstbewusst, wie er da in seinem Anzug steht, wie ein zu klein geratener Lehrer. Der Mann lobt ihn, und ihr Vater lobt ihn auch. Sagt ihm, wie beeindruckend es sei, dass er sich all die Namen merken kann. «Vielleicht wirst du eines Tages Professor», sagt der Vater des Jungen. Nadias Vater dreht sich zu ihr um, deutet auf seinen Kopf und sagt: «Den da kennst du auch schon ...» Natürlich weiß Nadia, dass das der Kopf ist, aber wahrscheinlich gibt es noch einen anderen Namen. Ja, stimmt, aber den hat sie vergessen, also sagt sie: «Das ist dein Kopf.» Der Junge lacht. Ihr Vater schaut sie mit gerunzelter Stirn an, sagt aber mit ermunterndem Tonfall: «Ja, aber wie heißt der Knochen?» – «Gesicht?», antwortet Nadia zögernd und weiß sofort, dass das falsch war. «Schädelknochen», verkündet der Junge, und Nadia möchte im Erdboden versinken. Sie zwickt sich unter dem Schreibtisch fest in die Hand, um sich von der Hitze abzulenken, die in ihr hochsteigt. Sie möchte am liebsten laut schreien, weiß nicht, was sie machen soll. Sie ist niedergeschmettert, und das Gefühl ist umso schlimmer, weil sie eben noch so selbstbewusst und fröhlich war.

Auf dem Heimweg erwähnt ihr Vater den anderen Mann, den Jungen und das Skelett nicht noch einmal, und als sie nach Hause kommen, verliert er auch Nadias Mutter gegenüber kein Wort darüber. Sie glaubt, er tut, als wäre nichts gewesen, weil er sich für sie schämt und von ihr enttäuscht ist. Nadia weiß nicht, ob sie die Sache erwähnen soll oder lieber nicht. Sie kommt sich dumm vor und fühlt sich schrecklich, weil sie ihren Vater vor dem klugen Mann, von dem sie glaubt, dass es wichtig gewesen wäre, ihn zu beeindrucken, bloßgestellt hat.

Damit so etwas nie wieder passiert, hat Nadia die Schutzstrategie entwickelt, jede Menge Fragen zu stellen. Sie weiß, dass ihrem Vater das gefällt und sie es so vermeiden kann, ihn zu enttäuschen. Die Strategie funktioniert, ihre Eltern sagen ihr, dass Neugierde eine wunderbare Eigenschaft sei, mit der sie es im Leben noch weit bringen würde, und Nadia bringt es weit, aber im Inneren fühlt sie sich leer. Unter all ihrer Wissbegierde liegt tief eingekerbt die Erfahrung im Büro ihres Vaters: *Ich bin dumm*, sagt Nadia sich.

Nadia weiß, dass sie Glück hat mit ihren Eltern, die sie auf eine gute Schule schicken wollen. Ihre Eltern lieben sie. Sie sind gute Menschen, aber sie hat ihren Vater beschämt und all das deshalb wohl nicht verdient. Als Heranwachsende hat sie zwar meistens das Gefühl, dass die Leute mit ihr zufrieden sind, aber in Wirklichkeit ist sie voller Selbstzweifel. Sie weiß nicht, wer sie ist, und ist sich ihrer Gedanken unsicher – egal zu welchem Thema.

Nadia war in der Lage, mit ihrem jüngeren Ich in Kontakt zu treten und ihr zu sagen, dass sie begabt und klug sei und ihre eigene Stimme habe. Aber es fällt ihr schwer, sich in diese neue, gereifte Überzeugung einzufühlen. Es fällt ihr schwer, weil sie so daran gewöhnt ist, ständig Fragen zu stellen. Ihre Gefährtinnen unterstützen sie. Sie reagieren mit liebevollem Humor, sobald Nadia wieder eine Frage stellt, und ermöglichen ihr so, das Gefühl von Unsicherheit auszuhalten und darauf zu vertrauen, dass sie die Antwort vielleicht längst kennt.

Nadia

Unreifer Glaubenssatz: Ich bin dumm und eine Enttäuschung.

Schutzstrategie: Wenn ich viel frage, merkt niemand, wie dumm ich bin, und niemand ist von mir enttäuscht.

Unbeabsichtigte Folge: Ich zweifle ständig an mir und weiß nicht, wer ich bin.

Gereifte Überzeugung: Ich bin begabt, klug und habe eine Stimme.

IRENES Erinnerung:

Irene ist sieben Jahre alt. Ihre Mutter hat Geburtstag. Zusammen mit ihrem kleinen Bruder will Irene ihrer Mutter das Geburtstagsfrühstück ans Bett bringen. Sie waren schon mal mit den selbst gebastelten Karten bei ihr im Zimmer, aber da schlief die Mutter noch. Jetzt ist fast Mittag, und die Kinder sind in der Küche. Ihr Bruder ist erst zwei und keine große Hilfe, aber er liebt den Ton, den der Kessel von sich gibt, wenn das Wasser kocht – das Zischen und Pfeifen, wie eine Dampflok. Der Wasserkessel ist blau und glänzend. Irene liebt den Glanz und poliert den Kessel oft, damit er so bleibt. Dafür ist sie zuständig. Sie ist inzwischen für immer mehr zuständig. Ihr Bruder krabbelt herum und versucht, den Tritthocker zu erklimmen, den Irene immer benutzt, um an alles heranzukommen, aber er fällt immer wieder auf den Po. So ein Baby, denkt Irene. Dann springt der Toast aus dem Toaster, und als Irene die zwei Scheiben mit Butter bestreicht, hört sie plötzlich ein schreckliches Kreischen. Ganz kurz denkt sie, es wäre der Kessel. Sie fährt herum und lässt den Teller fallen. Ihr kleiner Bruder windet sich schreiend auf dem Fußboden, schlägt wie wild um sich und wird dabei immer röter. Als Nächstes sieht sie den leeren Wasserkessel neben ihm auf dem Fußboden – und fängt selbst an zu schreien.

Sie kann sich nicht bewegen. Es ist, als wäre sie erstarrt. Ihre Mutter kommt die Treppe heruntergerannt, schreit sie an, sie soll zu den Nachbarn laufen, Hilfe holen. Panisch und voller Angst rennt Irene über die Straße. Das Nächste, woran sie sich erinnert, ist der Krankenwagen vor der Haustür. Sie nehmen ihren Bruder mit und auch ihre Mutter. Sie hat noch den Morgenmantel an. Irene glaubt, dass ihr Bruder sterben muss, und als ihre Mutter abends nicht kommt, um sie bei den Nachbarn abzuholen, ist sie sicher, dass er tot ist und es ihre Schuld ist. Als ihre Mutter sie am nächsten Tag abholt, verliert sie über Irenes Bruder kein Wort. Sie geht sofort nach oben in ihr Bett. Erst einen Tag später erfährt Irene von der Nachbarin, dass ihr Bruder zwar noch im Krankenhaus ist, aber lebt. Ihre Mutter redet kein Wort mit ihr, und so bleibt es eine ganze Weile.

Irene war zu klein, um zu wissen, dass ihre Mutter unter Depressionen litt, und zwar nicht nur, weil ihr Vater als Soldat so oft weg war – das war die Antwort, die Irene bekam, wenn sie wissen wollte, was los war –, sondern weil er eine Affäre hatte und mit Scheidung drohte. Stattdessen glaubte Irene, es wäre ihre Schuld, dass die Mutter immer so still und bedrückt war. Außerdem war es zweifellos ihre Schuld gewesen, dass ihr Bruder sich verbrüht hatte. *Ich bin unfähig. Auf mich darf man sich auf keinen Fall verlassen*, lautete die Überzeugung. Sie konnte damals nicht verstehen, dass sie niemals mit dieser Verantwortung hätte belastet werden dürfen. Sie beschloss, in Zukunft besonders gut aufzupassen, alles im Voraus genau zu planen und sich denen unterzuordnen, die fähiger waren als sie.

Diese Strategie verschaffte Irene tatsächlich ein Gefühl der Sicherheit. Doch diese Schutzstrategie hatte unbeabsichtigte Folgen für ihr Leben und ihre Beziehungen. Irene strahlte eine gewisse Unschuld aus. Sie ging niemals ein Risiko ein. Sie schmälerte ihre Leistungen, indem sie immer sagte, sie hätte einfach mehr Glück als Verstand, und *fühlte* sich deshalb nie wirklich kompetent – obwohl sie es eindeutig war. Sie traute ihren Gefühlen nicht und orientierte sich in ihrer langjährigen Ehe ausschließlich an ihrem Ehepartner. Auf diese Weise sorgte sie für Stabilität, oft jedoch auf Kosten ihrer eigenen Bedürfnisse und Wünsche. Den anderen Frauen gegenüber beteuerte sie ständig, sie hätte doch ein gutes Leben, und die Gruppe machte Irene behutsam darauf aufmerksam, dass es möglich ist, ein gutes Leben zu haben und es *trotzdem* schwer zu haben. Zwei Aussagen könnten nebeneinander bestehen, sagten die Frauen, und erinnerten Irene an die Dialektik.

In der Auseinandersetzung mit dieser Erinnerung war Irenes erwachsenes Ich in der Lage zu sehen, dass Irene tatkräftig und liebevoll war, voller Freude und Leidenschaft. Der Unfall ihres Bruders war nicht ihre Schuld gewesen, doch das hatte ihr nie jemand gesagt. Sie darf sich selbst vertrauen; es war ein Unfall.

Irene

Unreifer Glaubenssatz: Ich bin inkompetent und kann mir selbst nicht trauen.

Schutzstrategie: Wenn ich vorsichtig bin, immer gut vorausplane und mich anderen unterordne, passiert niemandem was.

Unbeabsichtigte Folge: Ich fühle mich inkompetent und kenne meine Wünsche nicht.

Gereifte Überzeugung: Ich bin tatkräftig und liebevoll, ich bin voller Freude und Leidenschaft. Ich kann mir vertrauen.

LINS Erinnerung:

Für Lin war die Übung überfordernd. Sie war nicht in der Lage, sich eine Situation aus ihrer Kindheit in Erinnerung zu rufen. Sie konnte keine Verbindung zu sich selbst als Kind herstellen und hatte kein Gefühl dafür, wie sie damals gewesen sein könnte. Obwohl ihre Gefährtinnen versuchten, ihr angesichts der großartigen Frau, die sie heute

ist, zu helfen, ein Bild von Lin als Kind zu erschaffen, saß
Lin nur weinend da. Sie konnte mit nichts von dem, was
gesagt wurde, etwas anfangen.

In der Pause wandte Lin sich an Alice und erzählte ihr, wie
schlecht sie sich fühlte, weil sie nicht in der Lage war, richtig mitzumachen, und jetzt Angst hatte, den Anschluss zu
verlieren. Doch abzureisen war auch keine Option, weil es
ihr dann auch nicht besser gehen würde.

Kapitel 11
Szene III

Das Kaninchen

BEHAGLICHES WOHNZIMMER.
SPÄTER VORMITTAG.

Die Frauen haben sich wieder eingefunden. ALICE wendet sich an LIN.

ALICE Wie wäre es, wenn wir es mit einem anderen Ansatz versuchen? Wie wäre es, wenn du mir erzählst, was du als Kind gern gemacht hast?

LIN In Ordnung. Ich kann mich noch erinnern, dass ich gern im Garten war, um die Schmetterlinge zu beobachten.

ALICE Weißt du noch, wie der Garten aussah?

LIN Er war klein. Es gab einen Feigenbaum, auf den ich geklettert bin. Hinten gab es einen Kaninchenstall. Ich habe mich um das Kaninchen gekümmert. Ich habe den Stall ausgemistet und dafür gesorgt, dass das Kaninchen alles hatte.

ALICE   Du hattest ein Kaninchen?

LIN   Ja.

ALICE   Was war das für ein Kaninchen?

LIN   Ein Weibchen. Sie war braun und flauschig und klein. Ein Zwergkaninchen.

ALICE   Hatte sie auch einen Namen?

LIN   Sie hieß Cookie.

ALICE   Ein schöner Name. Erzähl mir von Cookie.

LIN   Sie war ganz weich, samtig. Ich habe es geliebt, sie zu streicheln und zu füttern. Wahrscheinlich hätte ich ihr nicht so viel Futter geben dürfen, aber sie freute sich immer so.
Außerdem hat sie ständig versucht auszubrechen.

ALICE   Das klingt niedlich. Warst du die Einzige, die sich um Cookie kümmerte?

LIN   Ja, meistens habe ich mich gekümmert. Ab und zu auch meine Schwester, aber sie wollte Cookie eigentlich immer nur streicheln. Ich mistete den Stall aus, fütterte sie, füllte die Wasserflasche auf und bürstete das Fell. Obwohl, wenn ich jetzt zurückdenke, glaube ich nicht, dass sie das besonders gern hatte. Aber ich habe es geliebt, sie zu bürsten. Ab und zu hab ich sie in meinen Schulranzen gesetzt und gespielt, dass wir einen Ausflug machen ... Ich glaube, sie war meine beste Freundin.

ALICE Das klingt, als hättest du Cookie sehr geliebt, Lin. Und als hättest du dich gut um sie gekümmert. Ich würde an dieser Stelle gerne kurz unterbrechen, um zu fragen, was du gerade fühlst, während du über Cookie sprichst?

LIN Ich bin glücklich und traurig zugleich. Ich glaube, die Vorstellung, dass sie meine beste Freundin war, macht mich traurig; es erinnert mich wieder daran, wie einsam ich war.

ALICE Das verstehe ich. Du fühltest dich einsam und hattest viel Liebe zu geben. Diese Liebe bekam Cookie. Und du hast Verantwortung übernommen, indem du dich um sie gekümmert hast. Es tut mir leid, dass du dich so allein fühltest. Wenn du an diese Erinnerung denkst, daran, wie du Cookie gestreichelt und gefüttert hast, kannst du mir jetzt etwas mehr über dich erzählen, über das kleine Mädchen mit seinem Kaninchen? Wie ist sie so?

LIN Sie ist sehr niedlich. Sie trägt die Haare zu Zöpfchen gebunden. Sie macht das mit Cookie wirklich gut, und sie hat Spaß mit ihr. Sie ist einfallsreich, verspielt ... und sie ist lieb ... [*Ihr laufen die Tränen, aber sie lächelt dabei.*] Sie ist glücklich, wenn sie mit Cookie spielt.

ALICE Ja, das glaube ich. Sie klingt wirklich niedlich und einfallsreich und lieb und fröhlich. Cookie hatte Glück.

Lin

Unreifer Glaubenssatz: Ich bin allein, niemand beschützt mich.

Schutzstrategie: Wenn ich mich verstecke, niemanden an mich heranlasse, mich anstrenge und auf andere konzentriere, bin ich in Sicherheit.

Unbeabsichtigte Folge: Ich bin von mir selbst abgeschnitten, von meinen Bedürfnissen und Wünschen.

Gereifte Überzeugung: Ich bin nett, einfallsreich, spielerisch und freundlich.

NACHTRAG: Eine glückliche Erinnerung ermöglichte Lin den Zugang zu ihrem jüngeren Ich. Später erzählte Lin uns, dass sie im Alter von fünf Jahren von ihrem Onkel sexuell missbraucht worden war und dass sie glaubt, ihre Mutter wusste darüber Bescheid. Sie hatte diese Erinnerung so gründlich verdrängt und hatte solche Angst davor, dass auch die meisten anderen Erinnerungen an ihre Kindheit verschwunden waren – ausgeblendet, um sich sicher zu fühlen. Auf diese Weise hat Lin während ihrer Kindheit und Jugend den Missbrauch überstanden, und das war auch der Grund, weshalb sie sich als Erwachsene verloren fühlte. Sie versteckte ihr wahres Ich und hatte Angst vor zu großer Nähe. Sie hielt den Fokus auf andere gerichtet und gab sowohl beruflich (als Radiologin) als auch in der Beziehung zu ihrem Partner alles. Doch dabei ging sie sich selbst verloren. Lin war in der Lage, sich mithilfe einer schönen Erinnerung, die es ihr ermöglichte, mit ihrem früheren Ich als Kind in Kontakt zu kommen, den Rückweg zu bahnen. Sie wusste wieder, wer sie war, auch wenn es ihr schwerfiel, dorthin zu gelangen.

Wie ist es dir damit ergangen, deine Schutzstrategien zu identifizieren? Wie war es für dich, dich in deine Kindheit zurückzuversetzen? Wir möchten dich einladen, dir ähnliche Notizen zu machen wie deine Gefährtinnen, um herauszufinden, wie sich dein erstes Nest für dich anfühlte und wie du folglich später mit Beziehungen umgegangen bist. Gab es in deinem Erwachsenenleben unbeabsichtigte Folgen aus den Strategien deiner Kindheit? Und wie lautet deine gereifte Überzeugung?

Kapitel 12

Szene IV

Du bist wertvoll

BEHAGLICHES WOHNZIMMER.
FRÜHER NACHMITTAG.

Nach dem Mittagessen hat sich die Gruppe wieder versammelt.

RUTH Robyn hat mir erzählt, sie wäre vorhin so von ihren Gefühlen überwältigt gewesen, dass sie nach dem Mittagessen beinahe abgereist wäre. Aber obwohl sie Angst hat, ist sie immer noch hier. Sie möchte etwas mit euch teilen.

[ROBYN hat den Blick zur Decke gehoben, als würde sie der Situation am liebsten entfliehen. Sie zappelt mit einem Bein, ist eindeutig in Bedrängnis. RUTH fragt sie leise, ob es ihr gut geht und ob sie etwas braucht. Sie steht auf, tritt zu RO-BYN, legt ihr eine Decke um die Schultern und nimmt sie kurz in den Arm.]

ROBYN Es passierte im letzten Grundschuljahr. Ich war zehn. Meine Klasse bekam ein halbes Jahr Schwimmunterricht, und ich war total aufgeregt. Ich war noch nie im öffentlichen Schwimmbad gewesen und hatte die Nachbarskinder beneidet, die jeden Sonntag zum Schwimmen durften. Mum schaffte es irgendwie, das Geld für meinen Badeanzug zusammenzukratzen. Ich fand ihn wunderbar – er war leuchtend rot, und die Träger haben sich am Rücken überkreuzt. Ich fühlte mich sehr erwachsen. Ich trug den Badeanzug jeden Tag heimlich unter der Schuluniform. Dann kam die erste Stunde, und der Schwimmlehrer sagte, ich wäre ein Naturtalent, aber wenn ich weiter zum Unterricht kommen wollte, bräuchte ich eine Schwimmbrille. Weil ich mich nicht traute, ihm die Wahrheit zu sagen – dass wir uns so was nicht leisten konnten –, sagte ich, ich hätte meine Schwimmbrille verloren. Er meinte, das wäre kein Problem, er würde mir beim nächsten Mal eine Schwimmbrille mitbringen. Am Anfang der zweiten Stunde schenkte er mir eine nagelneue Schwimmbrille. Nach dem Unterricht belästigte er mich in der Umkleidekabine … Ich habe das noch nie jemandem erzählt … [*Sie senkt den Blick und schlägt die Hände vors Gesicht.*]

ALICE   Robyn, es tut mir leid, dass dir das zugestoßen ist. Du musst damals schreckliche Angst gehabt haben. Es passiert oft, dass Kinder aus Angst niemandem etwas erzählen. Mir ist bewusst, dass du dich nicht länger mit dieser Erinnerung auseinandersetzen möchtest, und ich verspreche dir, wir machen es so kurz wie möglich. Du bist heute erwachsen, und es ist vorbei, aber ich möchte das Ganze trotzdem ein bisschen verlangsamen. Stell dir vor, du säßest wieder vor dem Bildschirm. Kannst du dein jüngeres Ich sehen? Weißt du noch, wie sie sich fühlte?

ROBYN Ja.

ALICE Was fühlt sie?

ROBYN Sie hat Angst.

ALICE Das glaube ich. Das war auch sehr beängstigend. Wie ist sie mit dem Gefühl der Angst umgegangen?

ROBYN Sie hat alles für sich behalten und versucht, es schnell zu vergessen.

ALICE Sie war sehr resilient, aber ich stelle mir vor, dass sie sich sehr einsam fühlte.

ROBYN Sie war völlig allein. Sie hat sich in ihre Blase zurückgezogen und alle anderen ausgesperrt.

ALICE Weil es niemandem gab, dem sie vertrauen konnte.

ROBYN Niemanden. [*Hält immer noch die Hände vors Gesicht, als endlich die Tränen kommen.*]

ALICE Bleib noch ein bisschen da, wenn du kannst ... Was hat die kleine Robyn bei all dem, was passierte, über sich gedacht?

ROBYN Dass sie ganz allein auf der Welt ist und allen egal. Dass sie ein Nichts ist.

ALICE Das muss furchtbar schwer gewesen sein. Versuch, noch einen kurzen Augenblick dabei zu bleiben. Gelingt es dir, als die erfahrene Erwachsene, die du heute bist, zu ihr ins Bild zu treten? Wende dich der kleinen Robyn zu und nimm ihre Hand. Und jetzt, mit deiner Kraft als erwachsene Frau, die du jetzt in dir spürst, nimm die Kleine mit, raus aus der Szene, und bring sie an einen sicheren Ort.

[*Pause.*]

Wohin gehst du mit ihr?

ROBYN In den kleinen Park in der Nähe von unserem Haus.

ALICE Du hältst immer noch ihre Hand. Kannst du mir sagen, wie die Kleine sich jetzt fühlt, an deiner Hand, im Park?

ROBYN Besser ... Sie ist froh. [*Sie schluchzt.*]

ALICE Gut. Sie wird nie mehr allein sein. Ab jetzt bist du da.

[*Pause.*]

Robyn, kannst du mich kurz ansehen? Du hast gerade einen sehr mutigen Schritt getan. Wann immer dein jüngeres Ich sich allein und verängstigt fühlt, kannst du dich um sie kümmern. Jederzeit. Du kannst sie bei der Hand nehmen und mit ihr gemeinsam in den Park gehen, bis sie sich wieder beruhigt hat. In deiner Nähe, wo sie sich sicher fühlt.

ROBYN Das ist ein schönes Gefühl. Ich kann es mir genau vorstellen.

ALICE   Und wenn du dir vorstellst, mit dem Teil von ihr zu sprechen, der das Gefühl hat, ein Nichts zu sein, was würdest du ihr sagen?

ROBYN   Ich bin hier. Du bist in Sicherheit. Du bist wertvoll. [*Sie lächelt durch ihre Tränen hindurch.*]

Kapitel 13

Macht und Scham

Seit jeher beeinflussen Menschen mit Macht die Identität derjenigen ohne Macht und bestimmen die Verhaltensregeln, an die sich alle mit weniger Macht zu halten haben. Diese Machtdynamik existiert im Gefüge jeder Familie, Institution, Organisation, Kultur, Religion und jedes sozialen Kontextes. Sie bildet den alles umspannenden Rahmen, der uns sagt, wer wir sind. Diese Machthierarchie bildet die Kulisse für deinen Herzschmerz.

In den winzigen Schuh aus Glas zu passen, war alles, was zwischen Aschenputtel und ihrem Happy End stand. Die Füße der «hässlichen» Schwestern waren zu groß für den Schuh. Nur dem zierlichen Aschenputtel mit seinen winzigen Zehen passte der Schuh, und es konnte den Prinzen heiraten. Immer wieder in der Geschichte wurden Frauen zurückgewiesen und mit Scham behaftet, weil ihre Körper nicht der gesellschaftlichen Vorstellung von Schönheit entsprachen. Die Vorstellung, Zierlichkeit sei ein Synonym für weibliche Attraktivität, ist ebenso tiefgreifend wie beschämend. Unsere Füße sind nur unsere Füße. Die Scham wird durch das Wertesystem verursacht, welches vorschreibt, wie unsere Füße zu sein haben.

Die Narrative über das Selbstbild von Frauen und ihren Rang in der Welt reichen weit zurück. Die Geschichte von Adam und Eva wird oft als Geschichte der Erbsünde bezeichnet, und – Überraschung! – natürlich war Eva die Schuldige. Die schwache Eva (von der Schlange in Versuchung geführt). Die frevelhafte Eva (weil sie Hunger hatte). Ein paar Tausend Jahre später wurden wir Frauen als Hexen verbrannt, wurden nach der Geburt getötet, weil wir nicht männlich waren, beschämt, weil wir menstruierten, und verstümmelt, um nur ja keine sexuelle Lust zu empfinden. Dieser weltumspannende historische und kulturelle Kontext bestimmt und durchdringt die Erfahrung von uns Frauen – noch ehe wir überhaupt geboren sind.

Die psychologischen Konsequenzen all dessen sind allgegenwärtig und schmerzhaft und attackieren den Kern unseres Selbstwertgefühls mit einem Narrativ, das uns beständig einflüstert: *Du bist weniger wert* und *Schäm dich*. Mit der Entmachtung geht Entwertung einher, und diese Misere trifft, so traurig es ist, Frauen weltweit.

Das Gespräch mit einer Frau zu kontrollieren, zu bagatellisieren, abzuwerten, zu bestrafen, zu ignorieren, zu beleidigen, zu beschämen, zu leugnen, zu manipulieren – all dies sind Machtmechanismen. Das klingt dann in etwa so:

> Du denkst nicht klar.
> Du weißt schon, wie verrückt du klingst.
> Du machst schon wieder aus einer Mücke einen Elefanten.
> Du verstehst keinen Spaß.
> Du nimmst immer alles gleich so persönlich.
> Du bist überempfindlich.
> Du machst dir zu viele Gedanken.
> Daran bist du schuld, nicht ich.
> Das habe ich nie gesagt.
> Du bist hier das Problem, nicht ich.
> Für so was fehlt mir die Zeit.
> Das tue ich, weil ich dich liebe.

Warum glaubst du das?

Das sagt mehr über dich als über mich.

Du bist schuld, dass ich dich betrogen habe; du bist so un-
erotisch.

So war das nicht.

Das bildest du dir ein.

Das ist doch absurd.

Du irrst dich.

Ständig verwechselst du alles.

Was ist nur los mit dir?

Du musst zur Therapie.

Willst du das wirklich anziehen?

Früher war es viel lustiger mit dir.

Das ist unwichtig.

Das spielt keine Rolle.

Das ist nicht passiert.

Um die Bedrohung, die durch dieses «Gaslighting» entsteht, möglichst klein zu halten, setzen wir Frauen häufig Strategien wie diese
ein: permanente Selbstbeobachtung, Selbstvorwürfe, Unterwürfigkeit, Selbstverleugnung, Duldung von «Fehlverhalten», Beschwich-
tigung, Zustimmung, Rückzug, Körperhass, Essattacken, Hungern,
Rumination, Selbstverletzung, Selbstkritik oder Selbstbestrafung.
Das sieht dann so aus:

> Nimm noch ein bisschen ab, dann habt ihr auch Spaß
> zusammen, und bitte denk nach, ehe du den Mund auf-
> machst, du willst doch niemanden provozieren ... oder
> tu dir selbst ein bisschen weh.

Bleib einfach cool, wenn er ab und zu fremdgeht.

Beschwer dich nicht, nur weil er mal wieder die Spül-
maschine nicht ausräumt, schließlich hatte er einen
langen Tag, und sag ihm, wie gut er aussieht, damit er
dich nicht wieder schlägt.

Grüble immer wieder darüber nach, wie du noch besser
werden kannst, und vergiss bloß nicht, dir das neuste
Selbsthilfebuch zu kaufen und deinen Körper noch ein
bisschen im Fitnessstudio zu quälen.

Schau hinter dich, dreh dich um, damit dir nichts passiert.

Weine, wenn es sein muss (aber bitte nur in dein Kissen,
um seinen Schlaf nicht zu stören).

Trink literweise Wein, und mit ein bisschen Glück vergisst
du, was war.

Sag niemandem, wie schlecht du behandelt wirst, schließlich bist du selbst schuld.

Zieh dich zurück oder zieh den Kürzeren.

Augen zu und durch.

Hab Verständnis für alle Probleme und finde immer wieder
eine Entschuldigung für ihn ... schließlich ist es nicht
einfach, er zu sein.

Ratschläge wie diese würden wir einander niemals ernsthaft erteilen, niemand will in einer Beziehung leben, in der wir uns so verhalten müssten. Trotzdem erkennen wir uns wohl alle irgendwo wieder. Das passiert, wenn man in der Machtdynamik am kürzeren Hebel sitzt. Es sind diese alltäglichen winzigen Akte des Verrats, die unseren Herzschmerz beständig verstärken, diese steten Tropfen, die schließlich zu extremer Frustration führen, zu verminderter Handlungsfähigkeit, zu Selbstbeschämung und einem negativen Selbstwertgefühl (sogar zu *Hwa-Byung*, du erinnerst dich?)

Diese giftige Mischung macht sich unmittelbar im Körper bemerkbar – glühende Wangen, flauer Magen, trockener Mund, gesenkter Blick, gekrümmte Schultern, Übelkeit. Der Körper reagiert stets als Erstes und konspirativ, indem er sich schützend um Scham und Abwertung herum zusammenzieht, um sie geheim zu halten. Wir ziehen uns in uns selbst zurück und versuchen, uns von dem, was passiert, abzutrennen, es zu verstecken, in dem Wunsch, dass es möglichst schnell verschwindet. Und dann heftet sich, tief unten in ihrem Versteck, die Scham wie eine Klette an unsere frühen, unreifen Glaubenssätze.

Aber in Wirklichkeit hat all das nichts mit uns zu tun und damit, wer wir sind, sondern steht in direktem Zusammenhang mit den Definitionen, die jene mit Macht uns auferlegen, um den Status quo aufrechtzuerhalten. Diese Definitionen waren noch nie die unseren. Nicht in unserer Kindheit und nicht heute. Sie gehören denen, die danach streben, uns unter Kontrolle zu halten.

Wenn wir zurückgewiesen, betrogen oder durch eine andere ersetzt werden, wenn der Mensch, den wir lieben und dem wir vertrauen, jemand anderen über uns stellt, liegt die Schuld allein bei ihm. Und wenn der Mensch, der uns das Herz gebrochen hat, versucht, uns einzureden, es sei andersherum (*Du bemühst dich nicht mal, es aus meiner Sicht zu sehen; du hast dich noch nie für mich eingesetzt; du gibst mir immer das Gefühl, klein zu sein; du hast dich noch nie um meine Bedürfnisse gekümmert; meine Meinung ist dir egal; du liebst die Kinder mehr als mich und stellst sie ständig an erste Stelle*), sollten wir uns diesen Schuh nicht anziehen. Die Beschämung ist bei uns an der falschen Adresse – sie gehört zu der Person, die uns das Herz gebrochen hat.

Die Scham will uns dazu bringen, sämtliche Beweise zu vernichten, damit die Mängel, die wir tief in uns tragen, nur ja nicht ans Licht kommen. Das führt zu Problemen. Geheimnisträgerin zu sein, macht einsam, es isoliert uns von anderen, und Geheimnisse zu unterdrücken, erfordert viel Energie.

Deshalb drehen wir den Spieß jetzt um. Wir gehen mit anderen in Verbindung und fangen an, einander unsere «beschämenden» Geheimnisse anzuvertrauen. Für Ruth und mich ist die Tatsache sehr verbindend, dass wir beide große Füße haben, und wir lachen oft darüber, in welchem Ausmaß uns das geprägt hat. Auf welche Weise hat die Form und Größe deiner Füße (oder eines beliebigen Körperteils) deine Vorstellungen von dir als Frau geprägt?

Gesellschaftliches und körperliches Shaming sind Mechanismen von Menschen mit Macht, um ganze Personengruppen aufgrund von Geschlecht, ethnischer Zugehörigkeit, sexueller Orientierung, Bildung, Religionszugehörigkeit, Sprache, Einkommen,

Herkunft oder Fähigkeiten zu diskreditieren. *Schäm dich* dafür, dass du anders bist als die, die die Macht haben.

Es gibt viele heimtückische und subtile Möglichkeiten, Frauen herabzuwürdigen. Herabwürdigungen, die wir allmählich verinnerlichen – steter Tropfen höhlt den Stein –, bis sich unser Selbstbild schließlich nicht mehr von dem unterscheiden lässt, was man uns über uns erzählt hat.

> Du bist eine Angeberin
> #eslebederselbstausdruck

> Hast du deine Tage?
> #eslebedasfrausein

> Du wolltest es doch auch.
> #metoo

> Du bist so langweilig
> #ichbinmüde

> Du bist immer müde
> #kampfgegenspatriarchatistanstrengend

Zu den tückischsten Formen von Subordination zählt das zweideutige Kompliment, das zugleich schmeichelnd und abwertend ist. Es hat einen äußerst unangenehmen Beigeschmack, der sich oft nicht wirklich festmachen lässt.[1]

> Du siehst auf dem Foto so toll aus, ich hab dich gar nicht erkannt. (Subtext: Normalerweise siehst du nicht so gut aus.)

Ich wünschte, ich könnte mit Chaos so entspannt umgehen
wie du.
(Subtext: Du bist unordentlich.)

Du siehst heute aber toll aus!
(Subtext: Meistens siehst du ziemlich mies aus.)

Oh, das Outfit sieht ja gemütlich aus.
(Subtext: So was würde ich nie anziehen.)

Ich wünschte, ich hätte so viel Zeit wie du.
(Subtext: Du bist stinkfaul.)

Bei dir ist es echt gemütlich.
(Subtext: Du hast keinen Stil.)

Du packst das viel besser, als ich gedacht hätte.
(Subtext: Normalerweise bist du meistens am Rande des
Nervenzusammenbruchs.)

Deine Haare sehen heute aber toll aus!
(Subtext: Meistens siehst du aus wie eine Vogelscheuche.)

Wenn wir die Perspektive derjenigen übernehmen, die uns ent-
machten und schwächen wollen, machen wir damit nicht nur uns
selbst klein, sondern gleichzeitig alle Frauen. Diese Botschaften
als das zu erkennen, was sie sind – Instrumente der Abwertung –,
ist der erste Schritt, sich davon zu befreien. Diese als Kompliment
getarnten Beleidigungen dienen dazu, uns auf unseren Platz zu
verweisen. Sie sind nicht die Wahrheit.

Wir wissen, dass Scham oft schwer zu erkennen ist. Scham

spielt sich häufig jenseits des Sichtbaren ab, dann, wenn wir uns schlecht fühlen, wenn wir anderen aus dem Weg gehen oder uns vor ihnen zurückziehen wollen, wenn wir immer wieder über unsere Fehler nachgrübeln, wenn wir Angst vor Zurückweisung haben oder davor, entlarvt zu werden, wenn wir uns erschöpft und besiegt fühlen und wieder mal zum Weinglas greifen.

Hol deine schambesetzten Geheimnisse ans Licht, indem du mit einer Person, der du vertraust, darüber sprichst. Bring deine Geheimnisse zu Papier und verbrenn anschließend das Blatt. Tu, was immer notwendig ist, um dich davon zu befreien. Lass deine Füße einfach Füße sein ... und sei stolz darauf.

Denk noch einmal an die Arbeit mit deinem Kindheits-Ich zurück. Hat die Scham, die du heute empfindest, etwas mit deinen Erfahrungen in deinem ersten Nest und mit deinen unreifen Glaubenssätzen zu tun? Vielleicht geschah die Herabsetzung durch ein Elternteil, eine Lehrerin, einen Klassenkameraden, ein Geschwisterkind, die erste große Liebe oder einen religiösen Führer, und falls dem so ist, ist es wichtig, diese Herabsetzung dort zu belassen.

TEIL III
Die Zukunft

Kapitel 14

Die Rückgabe

Wir möchten dir eine Übung vorstellen, die dir helfen kann, dich mit der Absicht zu verbinden, ein neues Selbstbild zu entwerfen und in den richtigen Kontext zu setzen. Wir haben der Vergangenheit einen Besuch abgestattet und einige frühe Denkmuster und Verhaltensweisen dekonstruiert. Darauf basierend, wollen wir jetzt Raum für Neues schaffen. Du kannst dir die Übung zunächst einfach nur durchlesen, die Augen schließen und in die Erfahrung eintauchen. Nimm eine bequeme Sitzhaltung ein, lehn dich zurück und entspann dich. Der erste Teil ist eine Meditation. Wir empfehlen, die Anleitung ein paarmal zu lesen, bis du die Schritte im Kopf hast.

Atme tief und regelmäßig. Spür, wie die Anspannung aus deinem Körper abfließt, bis du allmählich immer ruhiger wirst. Richte dich auf Selbstreflexion und Heilung aus.

Atme weiter tief und regelmäßig. Spür, wie du mit jedem Atemzug ruhiger und entspannter wirst.

Ruhig und entspannt sinkst du immer tiefer in dich hinein, an einen Ort der Geborgenheit.

Du spürst, wie du mit jedem neuen Atemzug immer noch entspannter wirst.

Vielleicht gibt dein Körper beim Ausatmen ein erleichtertes Seufzen von sich, während du loslässt und dich einem tiefen Gefühl von Ruhe und Geborgenheit hingibst.

Herz und Geist werden frei von Sorge, und in deinem Brustkorb breitet sich ein warmes, friedliches Gefühl aus. Dein Körper lässt noch ein Stückchen weiter los, vielleicht kommt noch ein Seufzen, während du immer noch tiefer sinkst. Nimm jegliche noch vorhandene Anspannung wahr und spüre, wie sie langsam abfließt.

Jetzt stell dir über deinem Kopf einen warmen, sanften Lichtkreis vor.

Spür, wie sich der Lichtkreis langsam ausdehnt, größer wird, sich herabsenkt, wie eine sanfte Berührung über Kopf und Gesicht ausbreitet und sich dabei sämtliche Muskeln in deinem Gesicht und auf der Stirn entspannen.

Spür, wie sich warme Wellen der Entspannung von deinem Kopf aus weiter ausbreiten, wie von selbst den Hals hinunterfließen und weiter bis über die Schultern.

Nimm einen weiteren tiefen und reinigenden Atemzug und merke, wie die Anspannung den Körper verlässt.

Die sanften, behaglichen Wellen der Entspannung breiten sich jetzt über deine Arme und den ganzen Brustkorb aus und waschen allen Stress, alle Anspannung und alle Beklemmung weg, die noch vorhanden waren.

Dein gesamter Oberkörper fühlt sich inzwischen behaglich und entspannt an, und die wohligen Wellen breiten sich weiter nach unten aus.

Auch in Hüften und Bauch ist jetzt zu spüren, wie sich die Entspannung weiter ausbreitet. Ein behagliches Wohlgefühl fließt bis hinunter in die Oberschenkel.

Beobachte, wie sich das Gefühl des Loslassens langsam immer weiter ausdehnt, bis zu den Knien, Schienbeinen und bis in die Waden hinein.

Jetzt erreichen die warmen Wellen der Entspannung auch deine Füße, und du merkst, wie sämtliche Anspannung, die noch in deinem Körper vorhanden war, durch die Zehen abfließt und dir ein Gefühl von Ruhe, Frieden und Leichtigkeit beschert.

In diesem Zustand verweilend, nimmst du noch einmal Kontakt zu dir als Kind auf.

Es ist gut zu wissen, dass du bei dieser Reise zurück zu deinem jüngeren Ich vollkommen sicher bist und die Zügel in der Hand hältst.

Bitte stell dir dein jüngeres Ich diesmal in der Natur vor, an einem See vielleicht, auf einem Berg, in einem Park oder im Wald. Stell dir die Umgebung so genau wie möglich vor. Was ist zu sehen? Was riechst du? Was hörst du? Mit deinem inneren Auge siehst du, dass die Kleine einen Pullover trägt – in einer Farbe, die dir gefällt –, und auf diesem Pullover steht ein Motto. Wenn du näher trittst, kannst du erkennen, dass es sich um den unreifen Glaubenssatz handelt, den du über dich verinnerlicht hast.

Bitte dein jüngeres Ich behutsam und liebevoll, den Pullover auszuziehen und dir zu übergeben.

In der Ferne erscheint die Person, die dir einst den unreifen Glaubenssatz vermittelt hat. Dein erwachsenes Ich nähert sich dieser Person und gibt den Pullover mit dem unreifen Glaubenssatz, der dir in Wirklichkeit niemals gehörte, zurück.

Dabei sagst du freundlich: «Ich vergebe dir. Dein Schmerz tut mir leid» und lädst die Person ein, den Pullover wiederum dem Menschen zurückzugeben, von dem sie ihn einst erhalten hat.

Auf diese Weise wird der Glaubenssatz durch die Generationen hindurch zurückgegeben.

Wende dich anschließend wieder deinem jüngeren Ich zu. Die Kleine hat währenddessen geduldig zugesehen und gewartet. Du hältst ein Geschenk in der Hand, einen neuen Pullover. Beug dich voller Liebe zu deinem jüngeren Ich hinunter, überreich ihr das

Geschenk und bitte dein jüngeres Ich, den neuen Pullover anzuziehen. Wenn du möchtest, hilf der Kleinen dabei.

Sobald sie den Pullover angezogen hat, könnt ihr beide sehen, dass auch auf diesem ein Motto geschrieben steht – es ist die neue, korrigierte und gereifte Überzeugung, die du für dein jüngeres Ich formuliert hast. Lest den Satz gemeinsam, würdige seinen Klang, spür, wie es sich anfühlt, ihr diese gereifte Überzeugung auszuhändigen, und beobachte, was es mit ihr macht.

Nimm dein jüngeres Ich fest in den Arm und sag zu ihr: «Du wirst geliebt. Du wirst gesehen. Du wirst verstanden.»

Lass dir mit dieser Umarmung so viel Zeit, wie du möchtest. Spür, wie wohltuend es ist, mit der Kleinen in Kontakt zu sein. Sag ihr, dass du sie immer beschützen und dafür sorgen wirst, dass sie bekommt, was sie braucht – ohne dass sie darum bitten muss.

Wenn du so weit bist, kehr behutsam zu deinem Atem zurück und werde dir der Geräusche im Raum und des gegenwärtigen Moments bewusst. Wenn du so weit bist, schenk dir einen Augenblick der Anerkennung für die wichtige Erfahrung, die du gerade gemacht hast. Du hast einen zutiefst mitfühlenden Akt vollzogen, der weit über dich selbst hinausweist, und hast damit auch zur Heilung der gebrochenen Herzen in deiner Ahnenlinie beigetragen, die wiederum weit über dein eigenes gebrochenes Herz hinausgeht.

Kapitel 15

Emotionale Regulation

Was auch immer du gerade fühlst, es ist okay. Lass es zu. Du wirst feststellen, dass all deine Gefühle notwendig sind; es handelt sich um Signale deines Körpers, die dir Orientierung geben und dabei helfen, zu verstehen, was du gerade brauchst.

Gefühle folgen im Prinzip alle derselben Verlaufskurve. Sie steigen und fallen, intensivieren sich und ebben wieder ab, kommen und gehen. Manche verweilen etwas länger, andere existieren nur ganz kurz – aber Gefühle besitzen immer einen natürlichen Rhythmus, ähnlich wie die Gezeiten. Was sie nicht tun, ist, sich immer weiter zu intensivieren. Trotzdem haben wir oft den Wunsch, schwierige Gefühle quasi kurzzuschließen, sobald sie sich aufbauen. Ein Glas Wein (oder auch die ganze Flasche), ein Instagram-Marathon, Zuckerkoma auf dem Sofa – wir alle kennen das. Schwierigen Gefühlen auszuweichen, bringt kurzfristig tatsächlich Erleichterung. Doch auf lange Sicht führt uns die Vermeidung, Verdrängung oder die Amputation unserer Gefühle zu der irrigen Annahme, sie wären überwältigend und unbeherrschbar. Auf diese Weise berauben wir uns der unverzichtbaren Informationen, die in unseren Gefühlen verborgen liegen. Deshalb: Fühl, was es zu fühlen gibt, und lass deine Gefühle ihre Arbeit tun – nämlich dich zu leiten.

Du brauchst sämtliche Gefühle, auch die, die du nicht fühlen willst. Sie sind wichtig und notwendig und dienen immer einem

Zweck. Wut ist eine Reaktion auf Ungerechtigkeit. Angst signalisiert Gefahr. Und ein Gefühl der Entspannung deutet auf Sicherheit und Verbindung hin.

Deine Gefühle sind das innere Barometer, das dir anzeigt, wann du handeln musst und wann nicht. In uns wirken drei emotionale Systeme zusammen, um uns zu leiten: Antrieb, Verteidigung und Erholung.[1] Jedes System für sich ist wichtig und unverzichtbar, und erst das ausgewogene Zusammenspiel aller drei Systeme sorgt für die Herstellung und Aufrechterhaltung emotionaler Balance.

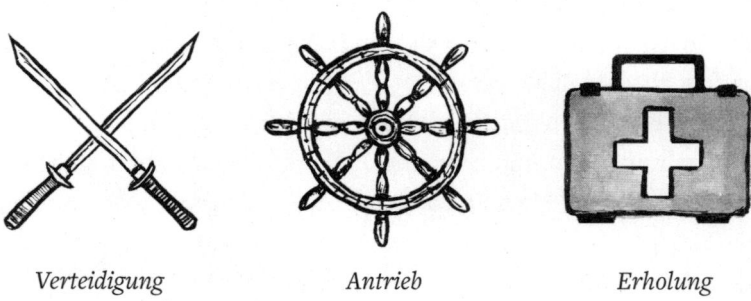

Verteidigung   *Antrieb*   *Erholung*

Unser **Verteidigung**ssystem bildet die rot blinkende Zone, die uns vor Gefahr warnt. Um uns zu beschützen, arbeitet dieses System mit so kraftvollen Gefühlen wie Wut, Angst und Ekel und flutet den Körper dabei mit Hormonen wie Cortisol und Adrenalin, die uns in die Lage versetzen, uns effektiv vor Gefahr zu beschützen. Darüber hinaus gibt es noch viele weitere Zustände, die ebenfalls Gefahr signalisieren. In der nächsten Grafik sind einige davon.

Über Jahrtausende programmiert, ist das Verteidigungssystem das dominanteste unserer drei Systeme. Es reagiert extrem empfindlich auf Bedrohungen sowohl von außen (Löwen, Herzensbrecher, Straßendiebe) als auch von innen (Bilder, Gedanken, Erinnerungen). Dieses System ist wie unsere persönliche Leibwächterin im Dauerdienst, die uns alarmiert, sobald ihr irgendwas verdächtig

Verteidigung
Rote Zone

erscheint – körperlich, moralisch oder emotional – und damit unsere Überlebensreaktionen ansteuert: Kampf, Flucht, Erstarrung oder Unterwerfung.

Stell dir eine Katze und eine Maus vor. Anfangs versucht die kleine Maus, der geistesgegenwärtigen Katze davonzurennen, rast in halsbrecherischer Geschwindigkeit hierhin und dorthin, während ihr Verteidigungssystem auf Hochtouren läuft – diese *Flucht*reaktion ist die Superkraft der Maus. Der *Kampf* gegen den übermächtigen Feind wäre sinnlos, also rennt sie. Doch auch die Katze ist schnell, sie bleibt ihr auf den Fersen, setzt Schlag auf Schlag, und schon bald ist die Maus völlig erschöpft. Aber ihr bleibt immer noch eine sehr kluge Möglichkeit, die letzte Rettung. Die Maus wird plötzlich völlig schlaff, schaltet mental ab und tut, als wäre sie tot – wenn sie schon gefressen werden muss, dann am liebsten bewusstlos. Die Maus *erstarrt*. Von der plötzlichen Wendung der Ereignisse verwirrt, stupst die Katze die reglose Maus an, um sie dazu zu bringen, wieder loszurennen, damit die Jagd weitergehen kann – es geht der Katze vor allem ums Jagen (gemein, oder?) –, aber vergebens. Irgendwann wird es der Katze zu langweilig, und sie trottet davon auf der Suche nach einem lebhafteren Opfer zum Quälen. Daraufhin wird die Maus «wieder lebendig» und entkommt.

Wir tragen dieselben Reaktionsmuster in uns wie die Maus. Zusätzlich jedoch besitzen wir eine weitere Superkraft – die Möglichkeit, mit dem Feind Freundschaft zu schließen. Wir sind in der Lage, in einer bedrohlichen Situation die sozialen und emotionalen Hinweise zu interpretieren, und können im Gegensatz zu Mäusen unser Wissen nutzen, um uns zu retten. Wir können den Blick senken, dem Angreifer schmeicheln, uns entschuldigen, zustimmen und viele weitere Strategien anwenden, um uns als harmlos und unbedenklich zu präsentieren und so die Gefahr zu bannen. Wir inszenieren eine *Unterwerfungs*reaktion.

Unser **Antrieb**ssystem, die blaue Zone, treibt uns an, um zu bekommen, was wir wollen und brauchen. Es ist mit Gefühlen von Aufregung, Zielstrebigkeit und Wirkmächtigkeit verbunden. In diesem System sind unsere Lust- und Erfolgsmechanismen beheimatet, die uns aufzeigen, was möglich ist, und die uns mit der nötigen Energie versorgen, es zu erreichen. Hier sind Energie und Hoffnung verortet, hier fühlen wir uns am lebendigsten. Das Antriebssystem ist befriedigt, wenn das, was wir tun, mit dem übereinstimmt, was wir wollen, wobei wir uns immer darauf verlassen können, dass das Verteidigungssystem zur Verfügung steht, wenn wir es brauchen. Wenn unser Antriebssystem aktiviert ist, wird in unserem Körper Dopamin ausgeschüttet, und wir fühlen uns glücklich, motiviert, wach und konzentriert.

Antrieb
Blaue Zone

Unser **Erholung**ssystem, die grüne Zone, sorgt dafür, dass wir uns geborgen fühlen, glücklich und zufrieden. Hier fühlt sich alles sicher und sorglos an – ein Kokon der Verbundenheit. Oxytocin und Endorphine fluten den Körper, während wir uns ausruhen und neue Energie schöpfen. Hat das Erholungssystem seine Arbeit getan, fühlen wir uns ausgeruht und bereit für Neues. Wenn wir von Verteidigung und Antrieb geleitet werden, steht der Körper unter Strom und ist aktiv, im Erholungsmodus jedoch ist der Körper in der Lage, die Aktivitätshormone wieder abzubauen und in einen friedlicheren, ruhigeren und gelasseneren Zustand zurückzukehren.

Ein Gefühl der Sicherheit ist die Voraussetzung, um sich in der grünen Zone fallen lassen zu können. Es ist nicht möglich, sich in den Ruhe- und Erholungsmodus zu begeben, wenn Gefahr herrscht. Für alle Tiere, uns eingeschlossen, sind körperliche und emotionale Sicherheit die Voraussetzung dafür, die Wachsamkeit ablegen zu können, die energetisierenden Hormone abzubauen und die emotionalen und körperlichen Reservetanks wieder aufzufüllen. Am stärksten kommt die grüne Zone in Verbindung mit anderen zum Ausdruck, wenn wir uns akzeptiert, unterstützt und geliebt fühlen. Selbsthilfe ist gut, aber gegenseitige Hilfe ist noch besser.

Erholung
Grüne Zone

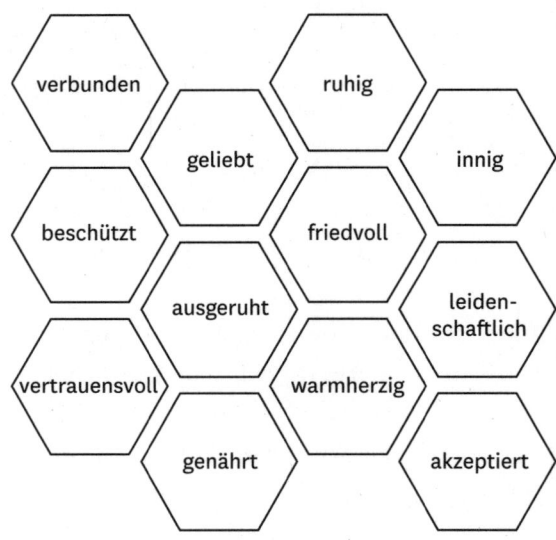

Hätte das Heartbreak Hotel eine Farbe, wäre es grün.

Häufig bekommt unser grünes System von uns am wenigsten Aufmerksamkeit. In unserer schnelllebigen, auf Leistung ausgelegten Kultur geben wir uns nur selten die Erlaubnis, die grüne Zone zu betreten. Deshalb sollten wir uns gegenseitig darin unterstützen, dorthin zu gelangen. Wetten, dass du sehr viel besser darin bist, andere zu umsorgen als dich selbst? Du weißt also, wie das geht. Denk daran, wie schön es sich anfühlt, wenn jemand *dich* um Hilfe bittet, und ermögliche anderen umgekehrt diese Erfahrung, wenn jemand dich unterstützen möchte. Denn wenn jemand dir anbietet, für dich da zu sein, handelt sie oder er aus der grünen Zone heraus. Es ist eine Botschaft der Fürsorge und Freundlichkeit, ein Akt der Liebe. Falls du ebenfalls zu den Menschen gehörst, die Angst haben, für andere eine Belastung zu sein, möchten wir dich zu einem Perspektivwechsel ermuntern – indem du nicht um Hilfe bittest, bringst du andere um die Freude, von dir gebraucht und geschätzt zu werden.

Ein gebrochenes Herz ist eine Störung unseres emotionalen Systems von riesigem Ausmaß. In unserer roten Zone blinken Angst und Wut in Neonfarben, Grün ist völlig verschwunden, und Blau wurde von der Person, die uns das Herz gebrochen hat, über Bord geworfen. Wir kämpfen vergeblich darum, überhaupt eine Spur von Grün zu finden, können nicht schlafen, von Ausruhen und Krafttanken ganz zu schweigen – das wissen wir. Aber es ist nicht möglich, ein Ziel zu erreichen, indem man versucht, sich von seinen Gefühlen «wegzumotivieren» oder einfach weiterzurasen, ehe man so weit ist. Stattdessen sollten wir uns ausruhen: Schon eine kurze Pause schenkt uns körperlich und emotional viel mehr Kraft als noch so viel Zeit vor dem Bildschirm – oder noch so viel Wein.

Für die meisten Menschen stellt das eine große Herausforderung dar, selbst wenn sie völlig erschöpft sind. Während es viele Formen der Entspannung gibt – Joggen, Meditation, Yoga, Zeit mit Freundinnen –, funktioniert das grüne System mit ruhigen, friedvollen Aktivitäten, die nur wenig stimulieren, am besten. Gehirn und Körper brauchen eine Auszeit, und du solltest alles vermeiden, was dich zu schnell zurück in den Antriebsmodus führt. Fernsehen kann entspannend sein, aber es zählt nicht als Ausruhen. Auszuruhen hat übrigens nichts mit Faulheit zu tun. Es ist die notwendige Voraussetzung dafür, wieder zu Kräften zu kommen. Du kannst es als Investition in die Zukunft betrachten. Falls du die Vorstellung völliger Stille nicht magst, versuch es mit sanfter Musik. Falls du Schlafprobleme hast, ist es gut zu wissen, dass schon der schlichte Vorgang, ruhig und abgeschirmt in einem abgedunkelten Zimmer zu liegen, erholsam ist.

Falls du dich im Augenblick tief in der roten Zone erlebst und Angst hast, von deinen Gefühlen überwältigt zu werden, oder falls dein gebrochenes Herz dich vollkommen aus dem Gleichgewicht gebracht hat, haben wir hier ein paar Techniken zusammengestellt, die dabei helfen können, die Betriebstemperatur zu senken und wieder klare Gedanken zu fassen.

Die Ballonatmung

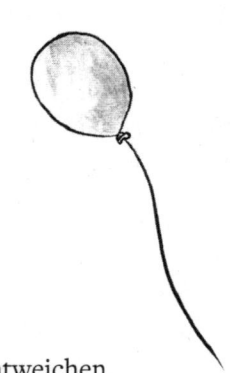

Leg eine Hand auf den Bauch.

Stell dir vor, dein Bauch wäre ein Luftballon.

Atme tief ein und füll den Ballon mit Luft.

Atme langsam aus und lass die Luft wieder entweichen.

Schließ die Augen, atme wie beschrieben weiter. Versuch währenddessen zu spüren, wie sich dein Ballon füllt und wieder leert.

Während du dich allmählich immer entspannter fühlst – und wenn du bereit dazu bist –, atme aus und lass deinen Ballon sachte davonschweben.

Die Schmetterlingsumarmung

Kreuze die Hände mit den Handflächen nach innen vor der Brust und verschränke die Daumen.[2]

Lass die Mittelfinger sanft auf den Schlüsselbeinen ruhen.

Hebe die Ellbogen wie zwei Schmetterlingsflügel.

Beginne, mit den Händen deine Brust zu beklopfen, immer abwechselnd rechts und links.

Dabei atmest du durch die Nase ein und durch den Mund aus, bis sich ein Gefühl der Ruhe einstellt.

Was sich hinter der Schmetterlingsumarmung verbirgt und was sie so effektiv macht, ist das Prinzip der bilateralen Stimulation. In den einfachen rhythmischen Bewegungen unseres Körpers liegt offensichtlich so etwas wie Magie verborgen. Dies beschränkt sich keineswegs auf die Schmetterlingsumarmung, sondern wirkt auch beim Joggen, Laufen, Trommeln, kurz gesagt, bei allen Tätigkeiten, die abwechselnde Bewegungen beinhalten.

Die amerikanische Psychologin Francine Shapiro[3] entdeckte dies zufällig während eines Spaziergangs im Park. Sie beobachtete, dass quälende Gefühle, die eben noch dagewesen waren, plötzlich aufhörten. Sie erkannte, dass es ihr half, sich besser zu fühlen, wenn sie lief, während sie über diese Gefühle nachdachte – ganz abgesehen von den allgemeinen Vorteilen eines Spaziergangs an der frischen Luft. Bei der bilateralen Stimulation werden beide Gehirnhälften zeitgleich aktiviert, und Informationen können besser verarbeitet werden, ein Vorgang, der in unserem Gehirn während der REM-Schlafphase auf natürliche Weise geschieht. Dies kann helfen, quälende Erinnerungen zu beruhigen.

Oft bauen wir die bilaterale Stimulation in unseren Alltag ein, ohne uns dessen bewusst zu sein. Wenn wir beim Autofahren abwechselnd auf das Lenkrad klopfen oder uns im Rhythmus der Musik unbewusst auf Arme oder Beine trommeln und uns plötzlich ruhiger fühlen oder wenn wir beschließen, einen Spaziergang zu machen, «um den Kopf freizubekommen», ist bilaterale Stimulation am Werk. Mach dir die erholsame Kraft der bilateralen Stimulation also aktiv zunutze und gib deinem Körper Gelegenheit, die Dinge auf eine Art und Weise zu verarbeiten, die ihm liegt. Wenn du übst, mithilfe des Körpers zurück in die grüne Zone zu gelangen, wird der Verstand schließlich folgen.

Kapitel 16

Werte

Unsere Mitmenschen werden immer eine Meinung dazu haben, was wir tun oder wen oder was wir wollen sollten, was Erfolg bedeutet und was wir *wirklich* brauchen. Manche Ratschläge können wertvoll sein, viele sind es nicht. Der tosende Lärm konkurrierender Stimmen lenkt unsere Bedürfnisse und Wünsche, sobald wir das Smartphone zur Hand nehmen. Die Algorithmen im Äther zerren und drängen uns hierhin und dahin und versprechen uns Glück und Erfüllung, wenn wir nur das neuste Spielzeug kaufen, den neusten Energydrink probieren, diese Pille einwerfen, uns jenem Club anschließen und ihnen folgen, weil ... weil alle anderen es schließlich auch tun.

Ein gebrochenes Herz verändert die Zukunft oder löscht sie gar aus. Vielleicht haben sich deine Pläne, Träume, Gewissheiten und Hoffnungen radikal verändert, und du fühlst dich, als hätte man dir den Boden unter den Füßen weggezogen. Das ist uns bewusst. Wir möchten dir dabei helfen, dir einen neuen Raum zu erschließen, einen Raum, in dem eine neue Zukunft vorstellbar wird und du dich wieder dem zuwendest, was du tatsächlich liebst und willst. Wir werden dabei nicht linear vorgehen. Nichts ist entmutigender, als eine riesige Zeitspanne vor sich zu sehen und zu glauben, man müsste sofort den perfekten Plan parat haben. Wir werden uns nur auf das Jetzt konzentrieren – auf die Gegenwart. Jede Entscheidung, die wir in der Gegenwart treffen, erschafft eine Zukunft.

Die Zukunft existiert nicht bereits, sie entfaltet sich.

Das Erste, was wir näher betrachten wollen, sind die Gebote *Sollen* und *Müssen* und deren Geschwister *Sollte* und *Müsste*. Sie sind autoritär und herrisch und kommandieren uns auf aggressive, manchmal tyrannische Weise herum. Wir benutzen sie, um uns und andere dazu zu kriegen, Dinge zu tun, die wir nicht tun wollen. Wir wünschen uns, dass du diese Gebote bewusst auf die leichte Schulter nimmst, am besten, du klammerst sie ganz aus. Gebote entstammen meistens den Erwartungen anderer und sind womöglich nicht in deinem Interesse.

Stattdessen möchten wir, dass du *deine* Bedürfnisse und Wünsche ins Spiel bringst. Weniger Gebote und mehr Neugier. Was ist dir wichtig? Was willst du, was brauchst du? Diese Fragen hast du dir vielleicht schon lange nicht mehr gestellt, vor allem wenn du dich viele Jahre hauptsächlich um andere gekümmert hast.

Nehmen wir uns jetzt die Zeit dazu.

Werte sind nichts Greifbares. Es handelt sich vielmehr um wichtige Prinzipien, mit denen sich die nächsten Schritte artikulieren lassen. Werte sind nicht dasselbe wie Ziele, denn ein Ziel hat normalerweise einen Endpunkt. Werte sind eher der Kompass, der deiner Reise die Richtung vorgibt. Werte sind beständig; Werte können weder erfüllt noch erreicht werden. Werte sind eine Art zu leben – Ideale, wenn du magst –, geprägt von Fülle, Vorsatz und lebendiger Verbindlichkeit. Stell dir Werte als Fundament für ein Zuhause vor. Ein Haus, das auf festem Boden steht, kann auch Stürmen trotzen. Deine Werte werden sämtliche Ziele durchdringen, die du dir für die Zukunft setzt – wie ein Tropfen Zitrone in einem Glas Wasser.

Wir sagten anfangs, wir würden nichts von dir verlangen, was wir nicht selbst getan hätten. Schließlich hat die Identifikation und Artikulation unserer eigenen Werte uns hierher, zu dir geführt ...

ALICE. Nach dem Tod meiner Mutter fühlte ich mich plötzlich orientierungslos und verloren. Ich kam mir vor, als wäre ich wieder ein kleines Kind. Ich hatte mich fast zehn Jahre lang um meine Mutter gekümmert, gleichzeitig kleine Kinder großgezogen, unterrichtet und eine Privatpraxis geführt. Schon in den ersten Wochen der Trauer wurde mir bewusst, dass ich mir während der vergangenen zehn Jahre selbst abhandengekommen war – die Frau, von der ich wusste, wer sie ist und wie sie tickt, war nicht mehr zu finden. In meinem Kopf herrschte Chaos, und ich sah keinen Ausweg. Ich konnte mir von meinen beruflichen Verpflichtungen zwar eine Auszeit nehmen, aber in mir gab es weder Energie noch irgendeine Vorwärtsbewegung.

Schließlich tat ich das, wozu ich in meiner Laufbahn schon vielen Klientinnen in Zeiten von Orientierungslosigkeit geraten hatte: Ich machte eine Übung zur Klärung meiner Werte. Dabei wurde mir Folgendes bewusst: Ich musste dringend mehr lachen und brauchte mehr Freude in meinem Leben. Auch wollte ich meiner introvertierten Seite mehr Raum geben und mir mehr Zeit für Alleinsein und Stille gönnen. Ich musste die Beziehungen in meinem Leben überprüfen und jene Verbindungen nähren, die mich nährten. Außerdem wünschte ich mir mehr Fülle und Überfluss in meinem Leben und wollte auch zukünftig Neues lernen.

Jetzt, fast drei Jahre später, bin ich glücklicher und erfüllter als früher. Mein Leben ist freudvoller, bedeutungsvoller und verbundener geworden. Nicht, weil ich einen derartigen Vorsatz gefasst hatte, sondern weil mein Trauerprozess mir klarmachte, dass ich zu mir selbst zurückkehren musste, und weil ich Entscheidungen traf, die mit meinen Werten in Einklang stehen. Zu ignorieren, was mir wichtig war, hatte mich tief in die Erschöpfung und an den Rand eines Burn-out getrieben. Im Rückblick betrachtet, hatte ich mich in jener Phase, also in den anstrengenden Jahren, ehe meine

Mutter starb, zu weit von mir entfernt. Die Folge war, dass ich litt. Der Tod meiner Mutter und die damit einhergehende Orientierungslosigkeit waren der notwendige Katalysator, um wieder zu mir selbst zurückkehren zu können.

RUTH. Alice war von der transformativen Kraft dieser Übung so überzeugt, dass sie mich mit ihrer Leidenschaft ansteckte. Es war offensichtlich, dass sie sich verändert hatte – sie wirkte lebendig und zielstrebig –, und das wollte ich auch! Es war nicht leicht, aber ich zog es durch.

Die Übung zur Klärung meiner Werte machte mir mein großes Bedürfnis bewusst, anderen zu helfen. Ich hatte einen Roman geschrieben, aber die Aussichten, ein Publikum dafür zu finden, schwanden zunehmend. Das Schreiben machte mir Spaß, trotzdem war ich nicht sicher, ob mein Antrieb sich tatsächlich aus dem speiste, was mir wirklich wichtig war. Ich schrieb meine Werte auf die innere Umschlagseite meines Tagebuchs, um mich darin zu unterstützen, fokussiert zu bleiben und mich tatsächlich an dem zu orientieren, was ich für mich als wesentlich erkannt hatte: Mitgefühl, Verbundenheit, Engagement, Würde.

Mir diese Werte immer wieder sprichwörtlich vor Augen zu führen, hilft mir, mich in die richtige Richtung zu bewegen. Wie sich herausstellte, konnte ich mich schon kurze Zeit später wieder meiner Lieblingsbeschäftigung, dem Schreiben, widmen – und das für ein Buch, das voll und ganz von meinen Werten bestimmt ist. Ich bin davon überzeugt, dass ich heute stehe, wo ich stehe, und diese Worte schreiben kann, weil ich mir damals Zeit für die Klärung meiner Werte genommen hatte.

* * *

Ehe wir uns gemeinsam an die Arbeit machen, möchten wir dich daran erinnern, dass niemand etwas von deinen Werten erfahren muss, wenn du das nicht möchtest. Du musst dich für das, was dir wichtig ist, weder erklären noch rechtfertigen – es zählt einzig, dass das Ergebnis für dich einen Sinn ergibt. Mach diese Übung allein und nur für dich. Tanz dabei, wenn du willst. Wir möchten, dass du die notwendige Freiheit und den Raum hast, die du brauchst, um tatsächlich wieder mit dir selbst in Verbindung zu kommen.

Wir hoffen, dass sich diese Idee spannend anfühlt, aber es kann natürlich ebenso gut sein, dass die Vorstellung dir Angst macht. Das ist okay. Neue Wege zu beschreiten bedeutet, trotz Angst zu handeln, nicht, wenn keine Angst vorhanden ist.

Vielleicht stellst du fest, dass das, was dir wichtig ist, mit dem zusammenhängt, was dir schon immer wichtig war, dies aber im Laufe der Zeit durch die vielen Anforderungen des Lebens verschleiert wurde. Ehe wir weitermachen, denk bitte an deine Kindheit zurück. Was hast du gern gemacht? Was war dir wichtig? Wenn du als Kind Tiere liebtest, heißt das nicht, dass du jetzt Tierärztin werden musst (es sei denn, du möchtest!), aber ein Haustier könnte für dich unterstützend und wichtig sein.

ALICE. Als Schülerin wollte ich Künstlerin werden. Die Malerei war für mich ein glücklicher, sehr kreativer Raum, in dem ich meinem introvertierten Wesen freien Lauf lassen und mich ohne Publikum ausdrücken konnte. Doch in der Berufsberatung bekam ich zu hören, dass man mit Malerei kein Geld verdienen könne und ein Kunstleistungskurs mir nicht helfen würde, Zugang zu einer guten Universität zu bekommen (auf die Idee, mir die Kunsthochschule vorzuschlagen, kam damals niemand). Also wählte ich Kunst zugunsten von «akademischeren» Fächern ab.

Diese Entscheidung wurde von den Werten «Erfolg», «aka-

demisches Studium» und «Bildung» beeinflusst. Mehr noch, diese
Werte verlangten nach dieser Entscheidung. Auch wenn das *heute*
nicht mehr meine Werte sind, kann ich radikal akzeptieren, dass
ich mich *damals* davon leiten ließ. Außerdem führte diese Entscheidung mich zu meiner Karriere als Psychologin, sie hat also
nicht wirklich geschadet. Abgesehen davon ist die Malerei immer
noch da, irgendwo an der Peripherie. Ab und zu rückt sie ins Blickfeld und schenkt mir glückliche Stunden voller Kreativität.

* * *

Fällt dir dazu etwas Vergleichbares ein? In Familien werden starke
Werte gelebt ebenso wie in einer Gesellschaft, beispielsweise, dass
Schulbildung für Mädchen unwichtig ist, oder finanzielle Sicherheit, Glaube, Unabhängigkeit. Welche «ererbten» Werte lassen
sich mit den großen (und auch kleinen) Entscheidungen in Zusammenhang bringen, die du in deinem Leben getroffen hast?

Versuch, ehrlich mit dir zu sein. Achte darauf, wie du darüber
urteilst, was dir wichtig ist und was nicht. Vielleicht ist dir der ein
oder andere Wert peinlich, und du hättest stattdessen lieber einen
anderen? Hör nicht auf diese innere Stimme, sie ist nicht vertrauenswürdig, war es womöglich noch nie.

Mit einem Spalier erzieht man einen Obstbaum dazu, zweidi-
mensional zu wachsen, an Hausmauern zum Beispiel. Die Zweige
werden in eine horizontale Wuchsrichtung gezwungen, anstatt
sich in alle Richtungen auszubreiten. Der Baum jedoch wurde nie
gefragt, was er davon hält. Doch trotz der Einschränkungen, die
ihn zum Krüppel machen, wächst der Baum weiter, um seine neue
Bestimmung zu erfüllen, wenn es auch vielleicht nicht die ist, die
er für sich selbst gewählt hätte. Lösen wir die Fesseln. Das nächste
Kapitel *deines* Lebens wird von *dir* geschrieben.

Um dich darin zu unterstützen, mit deinen Werten in Kontakt zu kommen, stellen wir dir hier eine lange Liste mit Möglichkeiten vor. Setz dich in Ruhe mit den Vorschlägen auseinander und spür, welche besonders mit dir resonieren. Versuch dabei, nicht zu sehr nachzudenken oder zu lange bei einem Satz zu verweilen. Registrier einfach, welche Sätze bei dir nachklingen. Diese Liste ist natürlich nicht vollständig. Falls dir ein Wert in den Sinn kommt, der nicht dabei ist, dann ist das wunderbar – schreib ihn einfach mit dazu. Es spielt keine Rolle, wie viele Werte du für dich definierst. Manche Leute wählen nur einige wenige, andere fast alle. Hier gibt es weder Richtig noch Falsch (denn das wäre ein Urteil).

Abenteuer – Neues und Aufregendes erschaffen, erforschen und suchen
Akzeptanz – aufgeschlossen und annehmend sein
Aufgeschlossenheit – offen sein für neue Ideen und Perspektiven
Aufrichtigkeit – in meinem Handeln ehrlich und offen sein

Authentizität – wahrhaftig und echt sein und mir selbst treu
bleiben

Dankbarkeit – dankbar und wertschätzend sein

Durchsetzungskraft – respektvoll für meine Rechte und Bedürfnisse einstehen

Engagement – mich meinen Absichten verpflichten und danach
handeln

Erfolg – meine Ziele erreichen

Fleiß – mich der Arbeit hingeben, für die ich mich entschieden
habe

Flexibilität – mich an veränderte Bedingungen anpassen

Freiheit – autonom und selbstbestimmt entscheiden

Freizügigkeit – aus ganzem Herzen geben, ohne die Kosten zu
kalkulieren

Freude – mich am Leben erfreuen und vom Leben mit Freude
beschenken lassen

Freundlichkeit – freundlich, zugewandt und liebenswürdig sein

Frieden – still sein und frei von Konflikten

Fülle – den Reichtum des Lebens würdigen und zu mir einladen

Fürsorge – mich um mich und andere kümmern

Fürsprache – meine Stimme für andere erheben

Gemeinschaft – mit anderen zusammenarbeiten und kooperieren

Gerechtigkeit – andere gerecht behandeln und nicht diskriminieren

Geschicklichkeit – meine Fähigkeiten trainieren und ausbauen

Gesundheit – mich um meinen Körper und meine mentale Gesundheit kümmern

Großzügigkeit – mich selbst großzügig verschenken, teilen

Güte – rücksichtsvoll, achtsam und unterstützend handeln

Herausforderung – mich selbst dazu ermutigen, zu wachsen, zu
lernen und mich zu verbessern

Hoffnung – an Möglichkeiten glauben

Humor – in allem das Amüsante finden

Integrität – zu meinem Wort stehen

Kreativität – innovativ und ausdrucksstark sein

Leidenschaft – herausfinden, wofür ich brenne, und dem folgen

Macht – Vertrauen in mein Leben und Einfluss auf mein Leben ausüben

Mitgefühl – mich darin üben, andere zu verstehen und freundlich zu handeln

Mitwirkung – an positiver Veränderung teilhaben

Mut – trotz Angst dableiben

Ordnung – ordentlich und effizient sein

Schönheit – in mir und um mich herum Schönheit erschaffen, kultivieren und nähren

Selbstkontrolle – überlegt handeln

Sicherheit – mich und andere vor körperlichem und emotionalem Leid bewahren

Sinnlichkeit – meinen Körper erforschen und genießen

Spaß – nach Dingen Ausschau halten, die mir Freude bereiten

Spiritualität – mich mit etwas Größerem verbinden

Verantwortung – für meine Handlungen die Verantwortung übernehmen

Verbundenheit – Beziehungen und Gemeinschaft pflegen

Vergebung – mir selbst und anderen gegenüber Vergebung üben

Vertrauen – ehrliches und transparentes Handeln

Würde – würdevolles, aufrechtes Handeln

Hast du eine Liste deiner Werte erstellt? Um sinnvoll damit arbeiten zu können, besteht der nächste Schritt darin, ähnliche Werte zu Gruppen zusammenzufassen. So könnten beispielsweise Güte und Mitgefühl eine Gruppe bilden. Lass dir Zeit. Deine Liste ist nicht in Stein gemeißelt. Du kannst im Laufe der kommenden Tage, Wochen und Monate immer wieder darauf zurückkommen. Fürs Erste versuch, deine Sammlung in insgesamt vier Gruppen mit verwandten Werten zu unterteilen.

Im Anschluss wähl aus jeder Gruppe den Begriff, der die Haltung des Kollektivs am besten wiedergibt – einen Wertebegriff, der für die anderen in seiner Gruppe spricht. Anschließend schreib groß und breit die mit diesem Begriff in Zusammenhang stehende Bedeutung daneben.

Wir hoffen, dass die Werte, die du für dich gefunden hast, dir ein gutes Gefühl geben, zumindest ein bisschen. Diese Werte stehen für den neuen Weg, der vor dir liegt. Stell dir vor, du bist auf einem Boot, mitten im Pazifik, auf hoher See. Irgendwo nördlich befindet sich das eisige Alaska, und weit im Osten liegen die warmen Gestade Mexikos. Du sehnst dich nach Strand, Mangosaft und Sonnenuntergang. Nirgendwo ist Land in Sicht, und du musst dich für eine Richtung entscheiden – schließlich willst du keine Energie darauf verschwenden, auf eisige Küsten zuzusteuern, obwohl du ins Warme willst. Sieh deine Werte als inneres Navigationssystem, das dir hilft, auf das zuzusteuern, was dir wichtig ist, wenn um dich der Sturm tost, wütende Winde versuchen, dich vom Kurs abzubringen, und du nicht mal die Hand vor Augen siehst.

Na dann. Unterziehen wir dein Navigationssystem einem Praxistest.

Denk an eine Entscheidung, die du in den nächsten Tagen treffen musst. Das braucht nichts Großes zu sein, vielleicht ist es nur die Frage, ob du am Abend ausgehst oder nicht. Vielleicht steht aber auch etwas Lebensentscheidendes an wie die Frage, ob du umziehen oder den Schlussstrich unter eine Beziehung setzen solltest. Stell dir die zu treffende Entscheidung vor und schreib sämtliche Möglichkeiten auf, die damit in Zusammenhang stehen.

Im Anschluss stell dir mithilfe deines neuen Navigationssystems folgende Frage:

Welche dieser Möglichkeiten deckt sich mit meinen Werten?

Die Möglichkeit, die am ehesten mit deinen Werten in Einklang steht, führt dich auf den Weg zu dir selbst. Angenommen, du versuchst noch immer, deine Beziehung zu retten, und landest immer wieder bei «Ich liebe ihn (oder sie) immer noch». Du drehst dich im Kreis. Du wurdest betrogen, aber du liebst deine:n Partner:in noch immer – du steckst in einem Dilemma. *Ich liebe ihn (sie), ich will mit ihm (ihr) zusammen sein, und ich will ihn (sie) verlassen.* Jetzt ziehen wir deine Werte zurate und finden heraus, ob sie dir bei der anstehenden Entscheidung Orientierung geben können. Sagen wir, deine Werteliste sähe folgendermaßen aus:

Mitgefühl – mich darin üben, andere zu verstehen und
  freundlich zu handeln
Freiheit – autonom und selbstbestimmt entscheiden
Würde – würdevolles, aufrechtes Handeln
Freude – mich am Leben erfreuen und vom Leben mit
  Freude beschenken lassen

Welche Entscheidung bringt dich einer Zukunft näher, die im Einklang mit dem steht, was dir wichtig ist, einer Zukunft, die von Integrität, Freiheit, Würde und Freude bestimmt ist? Falls deine Werte sich auf den ersten Blick zu widersprechen scheinen – weil Mitgefühl dich wieder zu der Person zurückführt, die dir das Herz gebrochen hat, und Freiheit in die entgegengesetzte Richtung zieht –, sei neugierig. Halte die Spannung. Du kannst Mitgefühl haben und trotzdem gehen. Es wird immer wieder Situationen geben, in denen du Entscheidungen treffen musst, die dich ein Stück vom Kurs abbringen – so ist das Leben –, aber unter dem Strich sollten deine Werte überwiegen. Indem du dir immer wieder die Frage stellst: *Deckt sich die Entscheidung, die ich treffe, mit meinen Werten?*, bahnst du dir einen Weg in die Zukunft, der im Einklang mit dem steht, was für dich am meisten zählt. Denk an einen Schritt, den du heute tun kannst und der vollständig mit deinen Werten übereinstimmt. Was könnte das sein?

Gehe ihn.

Punkte der Entscheidung

Wir haben in jeder Situation die Wahl ... Wir können uns zu dem, was uns wichtig ist, hinbewegen oder uns davon entfernen.

Deckt sich die Wahl, die ich treffe, mit meinen Werten?

Wenn du deine Entscheidungen nach diesem Prinzip triffst, erschaffst du damit Schritt für Schritt eine für dich stimmige, zielgerichtete Zukunft. Die Frage, was du mit deiner Zukunft konkret anstellen sollst, erübrigt sich, weil deine Zukunft sich mit jeder einzelnen Wahl, die in Einklang mit deinen Werten steht, vor deinen Augen von selbst entfaltet.

Wenn du vor einer Entscheidung stehst, wirst du feststellen, dass du dich hin und wieder zu deinem alten Glaubenssystem hingezogen fühlst – dies zu ändern, benötigt Zeit. Wenn das passiert, halte zunächst einen Augenblick inne, um dir bewusst zu machen, was gerade geschieht. Stell dir folgende Frage: *Treffe ich diese Entscheidung auf der Basis eines unreifen Glaubenssatzes oder auf der Basis einer gereiften Überzeugung?* Dann entscheide dich bewusst zugunsten deiner gereiften Überzeugung und deiner Werte, ganz gleich, wie ungewohnt, unbequem oder befremdend es sich anfühlen mag. Das geht vorbei.

Achte darauf, welche Menschen in deinem Leben dich zu deinen Werten ermutigen, wer dich darin unterstützt, dass sich das, was dir wichtig ist, mühelos manifestieren kann – und auch darauf, wer es nicht tut. Solltest du feststellen, dass deine neuen Werte dich in die Nähe eines Mitglieds der Dunklen Triade führen, hör auf deine Vertrauenspersonen, erinnere dich an die Arbeit, die du bereits geleistet hast, und lass dich zurück auf Kurs führen.

Der schäbige Zug

Stell dir vor, du willst mit dem Zug verreisen, an einen Ort, der schon lange auf deiner Liste steht.[1]

Du stehst am Bahnsteig und wartest. Zeitgleich fahren rechts und links zwei Züge ein, und du stellst fest, dass beide zu deinem Wunschziel fahren.

Der eine Zug wirkt etwas heruntergekommen, regelrecht schäbig, und beim Blick durchs Fenster siehst du, dass einige Sitze abgenutzt und verdreckt sind. Der Zug wirkt seltsam, unvertraut und unbequem.

Der andere Zug dagegen sieht viel besser aus, moderner und sicher. Er glänzt, die gepolsterten Sitze wirken gemütlich. Außerdem ist der Zug mit freiem WLAN ausgestattet, mit Klimaanlage und einem schicken Speisewagen.

Du hast Angst, den schäbigen Zug zu besteigen, es fühlt sich gefährlich an, und schließlich entscheidest du dich für den moderneren Zug, der Sicherheit und Komfort verspricht, und machst es dir bequem.

Während du dich noch einrichtest, hat der schäbige Zug den Bahnhof verlassen und steuert auf dein Ziel zu. Während du geduldig darauf wartest, dass auch dein Zug abfährt, siehst du am Nachbargleis bereits den nächsten Zug ein- und wieder abfahren und dann sogar noch einen.

Trotzdem denkst du immer noch, dass die Warterei sich lohnt. Dein Zug wird bestimmt bald abfahren.

Was, wenn der Zug den Bahnhof nie verlässt?

Was, wenn der heruntergekommene, alte Zug, obwohl er so schäbig und unbequem aussieht, die einzige Möglichkeit darstellt, an dein Ziel zu kommen?

Manchmal bleiben wir im Vertrauten stecken, meiden das Unbehagen des Unbekannten und hoffen, dass die Dinge sich von selbst zum Besseren wenden.

Aber die Sache ist nun mal die: Wenn du immer dieselben Entscheidungen triffst, wirst du damit immer dieselben Ergebnisse erzielen. Neue Entscheidungen zu treffen, verursacht Unbehagen, aber es könnte sein, dass das Wagnis dich an dein ersehntes Ziel bringt.

Kapitel 17

Neue Perspektiven

Was siehst du, wenn du dieses Bild betrachtest?

Siehst du die Ente? Und den Hasen? Du hast dir über die letzten Seiten eine neue Perspektive darauf erarbeitet, wer du bist, aber das heißt nicht, dass du dadurch automatisch den Blick dafür verlierst, wie du dich davor gesehen hast. Rechne also durchaus mit einem gewissen Vor und Zurück, während du auf deinem Weg voranschreitest, mit einem Hin und Her zwischen den verschiedenen Blickwinkeln – all das ist Teil des Prozesses, frei zu leben. Ähnlich wie bei der optischen Täuschung, die zwei Möglichkeiten bietet, das Bild zu betrachten, kannst du dich darin üben, zwischen verschiedenen Perspektiven auf dich selbst zu wechseln. Wenn du in der Lage bist, beide Perspektiven zu erkennen, erweiterst du den Blick auf dich selbst und auf deine Zukunft.

Stell dir einen Elefanten vor, einen riesigen, ausgewachsenen Elefanten, der gezähmt und auf Waldarbeiten abgerichtet wurde. Wenn der Elefant nicht arbeitet, ist er mit einer dünnen Kette an einen Pflock gebunden, damit er nicht davonläuft. Der Elefant könnte sich mit einem einzigen Ruck befreien. Aber er tut es nicht. Er wurde von klein auf mit derselben Kette angebunden. Damals genügte sie, weil er noch nicht genügend Kraft hatte, um sich davon zu befreien. Diese frühe Erfahrung hat den Elefanten bis heute geprägt. Der Elefant weiß nicht, dass inzwischen ein einziger Ruck an der Kette reichen würde. Weil er die frühe Lektion verinnerlicht hat, ist die Gefangenschaft des Elefanten gesichert.

Im Unterschied zu dir weiß der ausgewachsene Elefant nicht, wie er in Freiheit leben kann.

Freiheit entsteht in dem Augenblick, in dem du erkennst, dass du nicht an deine unreifen Glaubenssätze gebunden bist und als Erwachsene in der Lage bist, aus der Perspektive deiner gereiften Überzeugungen andere Entscheidungen zu treffen. Entsprechend dieser Erkenntnis zu leben, kann gleichzeitig beglückend und beängstigend sein.

Du wirst Momente der Verunsicherung erleben, sogar Momente, in denen du dich nach der Vertrautheit und Routine deines alten Lebens zurücksehnst. Doch wenn du deinen Weg trotzdem weitergehst, wirst du irgendwann das ganze Mosaik deiner Möglichkeiten erkennen.

Als Irene von dem Betrüger, in den sie sich verliebt hatte, um ihr Geld gebracht worden war, gab sie sich die Schuld. Sie wusste, dass es ihre Schuld war, weil sie, wie damals als Kind, nicht aufgepasst hatte. Sie hätte es ahnen müssen. Also beschloss sie, künftig noch vorsichtiger zu sein. Doch dann entdeckte sie, ausgerüstet mit einer neuen Überzeugung, die wahre Kraft des Elefanten in sich. Ihr erwachsenes Ich sagte der kleinen Irene, dass sie tatkräftig und liebevoll ist, voller Freude und Leidenschaft, und dass sie sich selbst vertrauen kann. Dies war für Irene der entscheidende Moment. Sie erkannte die Wahrheit – der Unfall ihres Bruders war nicht ihre Schuld, und es war auch nicht ihre Schuld, dass sie auf einen Betrüger hereingefallen war.

Irene hat diese neue Möglichkeit für sich erschaffen:

Irene

Mein neuer Blick auf mich: Ich bin tatkräftig und liebevoll, ich bin voller Freude und Leidenschaft. Ich kann mir vertrauen.

Meine Werte:
Abenteuer – Neues und Aufregendes erschaffen, erforschen und suchen

Güte – rücksichtsvoll, achtsam und unterstützend handeln

Spaß – nach Dingen Ausschau halten, die mir Freude bereiten

Mitwirkung – an positiver Veränderung teilhaben

Nadias Sichtweise änderte sich vom Festhalten an dem unreifen Glaubenssatz *Ich bin dumm und eine Enttäuschung* hin zu einer neuen, gereiften Überzeugung: *Ich bin begabt, klug und habe eine Stimme*. Sobald ihr klargeworden war, dass die Strategie, die aus ihrem unreifen Glaubenssatz entstanden war, sie nicht vor Verrat hatte schützen können, erkannte sie auch, dass es nicht mehr nötig war, sich hinter vielen Fragen zu verstecken, und schuf für sich eine neue Perspektive.

Nadia hat diese neue Möglichkeit für sich erschaffen:

Nadia

Mein neuer Blick auf mich: Ich bin begabt, klug und habe eine Stimme.

Meine Werte:

Fleiß – mich der Arbeit hingeben, für die ich mich entschieden habe

Leidenschaft – herausfinden, wofür ich brenne, und dem folgen

Fülle – den Reichtum des Lebens würdigen und zu mir einladen

Mut – trotz Angst dableiben

Eshes Sichtweise änderte sich von dem unreifen Glaubenssatz *Ich tauge nichts; es ist meine Schuld, wenn schlimme Dinge passieren*, den sie erschuf, als sie auf dem Grillfest ihrer Eltern hinfiel und sich verletzte, zu einer gereiften Überzeugung: *Ich bin liebenswert. Es ist nicht meine Schuld. Ich bin wichtig und darf um Hilfe bitten.* Dank dieser veränderten Perspektive musste sie nicht länger dafür sorgen, dass alle anderen sicher waren, und andere an erste Stelle setzen. Ihre eigenen Bedürfnisse rückten ins Blickfeld.

Dies ist die neue Möglichkeit, die Eshe für sich erschaffen hat:

Eshe

Mein neuer Blick auf mich: Ich bin liebenswert. Es ist nicht meine Schuld. Ich bin wichtig und darf um Hilfe bitten.

Meine Werte:
Abenteuer – Neues und Aufregendes erschaffen, erforschen und suchen

Mitgefühl – mich darin üben, andere zu verstehen und freundlich zu handeln

Gerechtigkeit – andere gerecht behandeln und nicht diskriminieren

Spaß – nach Dingen Ausschau halten, die mir Freude bereiten

Lins Sichtweise änderte sich von dem unreifen Glaubenssatz *Ich bin allein, niemand beschützt mich* hin zu der Überzeugung, dass sie Qualitäten in sich trug, die ihr nie bewusst gewesen waren. Sobald diese Qualitäten ins Blickfeld rückten, wurde ihr klar, dass sie ihre alte Strategie, immer als Siegerin ins Ziel zu gehen, ablegen und einfach sie selbst sein durfte. Ihre neue Sichtweise war, dass sie «nett, einfallsreich, spielerisch und freundlich» war.

Lin hat diese neue Perspektive für sich erschaffen:

Lin

Mein neuer Blick auf mich: Ich bin nett, einfallsreich, spielerisch und freundlich.

Meine Werte:
Verantwortung – für meine Handlungen die Verantwortung übernehmen

Schönheit – in mir und um mich herum Schönheit erschaffen, kultivieren und nähren

Kreativität – innovativ und ausdrucksstark sein

Freiheit – autonom und selbstbestimmt entscheiden

Robyn erkannte, dass sie alles andere als *allein* und *böse* war, im Gegenteil, sie war wichtig, und ihre Gefühle waren es ebenfalls. Anstatt sich zu isolieren, um sich zu schützen, durfte sie mit ihrer Umgebung in Verbindung gehen.

Dies ist die neue Perspektive, die Robyn für sich erschaffen hat:

Robyn

Mein neuer Blick auf mich: Ich bin wertvoll und darf mich mit anderen sicher fühlen.

Meine Werte,

Verbundenheit – Beziehungen und Gemeinschaft pflegen

Mut – trotz Angst dableiben

Gesundheit – mich um meinen Körper und meine mentale Gesundheit kümmern

Würde – würdevolles, aufrechtes Handeln

Wie sieht dein neuer Blick auf dich aus? Vergegenwärtige dir, wie dein jüngeres Ich sich in deiner Erinnerung gefühlt hat und wie dein erwachsenes Ich diese prägende Sichtweise veränderte. Was wäre für dich möglich, wenn du tatsächlich an diese neue Perspektive glauben würdest, wenn du tatsächlich in Einklang mit deinen Werten leben würdest?

Wenn du feststellst, dass du wieder in unreife Glaubenssätze und alte Schutzstrategien abrutschst, verurteile dich nicht. Bemerkst du, was geschieht, sei verständnisvoll und empathisch mit dir und schalte in einen anderen Modus. Mitgefühl ist das Gegenmittel von Bewertung. Du hast den alten Mantel sehr lange getragen, kein Wunder, dass er so bequem und vertraut ist. Es dauert eine Weile, bis du dich an den neuen Mantel, der aus deiner gereiften Überzeugung genäht ist, gewöhnt hast. Bitte glaub uns: Wenn du ihn erst eingetragen hast, wird er zu deinem absoluten Lieblingsstück.

Wie fühlt sich das an? Lass es eine Weile auf dich wirken.

Falls du bemerkst, dass gerade alte Gedankenmuster wieder auftauchen, verbiete dir nicht, diese Gedanken zu denken. Versuch es mit folgender Übung und schalte dann um.

Treibende Blätter[1]

Stell dir einen warmen, sonnigen Tag vor. Du sitzt im Schatten einer mächtigen Eiche an einem langsam dahinströmenden Fluss. Das klare Wasser fließt über glatte Steine und helle Kiesel und weiter durch ein friedliches Tal.

Sanft und leise löst sich von einem Ast ein großes Blatt und landet vor dir im Wasser.

Während du das Blatt beobachtest, wirst du dir deiner Gedanken bewusst.

Sobald ein neuer Gedanke in deinem Geist erscheint, stell dir vor, dieser Gedanke würde sich aus deinem Kopf herauslösen, sich auf einem Blatt niederlassen und sanft an dir vorübertreiben.

Versuch nicht, die Fließgeschwindigkeit des Flusses zu verändern, versuch nicht, den Gedanken auf dem Blatt zu verändern. Lass alles, wie es ist.

Genieß den Prozess, mach dir keine Sorgen, wenn du abgelenkt wirst oder wenn die Übung dir schwerfällt. Lenk einfach die Aufmerksamkeit zurück zu deinen Gedanken, setz die Gedanken auf die Blätter und sieh zu, wie sie vorübertreiben.

Kapitel 18

Vor Gericht

Es ist Zeit, die Geschichte deines gebrochenen Herzens in neuem Licht zu betrachten, durch die Linse all dessen, was du inzwischen gelernt hast.

Der Verrat ist wie eine Bombe in deine Lebensgeschichte geplatzt, hat sich aus dem Epizentrum deines eigenen Lebens ausgebreitet und dabei nicht nur deine Beziehungsgeschichte zerstört, sondern auch die Geschichten, in die sie eingebettet war. Als hättest du ein tolles Buch zur Hälfte gelesen und plötzlich festgestellt, dass die restlichen Seiten herausgerissen sind, samt Happy End.

Mit Herz und Kopf hattest du deine Geschichte längst zu Ende geschrieben. Weil unsere Geschichten so eng mit den Menschen verknüpft sind, die wir lieben, fällt es uns, wenn eine wichtige Beziehung – ohne unser Zutun, das ist hier entscheidend – plötzlich endet, schwer, das Geschehene mit der Geschichte in unserer Vorstellung in Einklang zu bringen. Schließlich haben wir unsere Geschichte aus einer Perspektive geschrieben, die unsere Liebesbeziehung und den Verrat in den Mittelpunkt stellte. Eine Perspektive, die dazu führte, dass wir uns über unser gebrochenes Herz definieren. Wie wäre es, wenn wir uns jetzt für etwas anderes entscheiden würden? Wie wäre es, die rausgerissenen Seiten durch neue zu ersetzen und aus einer neuen Perspektive weiterzuschreiben? Es mag nicht deine Wahl gewesen sein, betrogen und verraten zu werden, aber du kannst dich jetzt aktiv dazu entscheiden, die Verfasserin der nächsten Kapitel zu sein.

RUTH. Ich begann meine berufliche Laufbahn als Anwältin und arbeitete zehn Jahre lang als Strafverteidigerin. Ich erinnere mich noch gut an die Angst, die ich hatte, als ich zum ersten Mal vor den Geschworenen mein Plädoyer halten musste. Ich war überzeugt, versagt zu haben, dass meine Nervosität niemandem im Gerichtssaal entging und ich die Geschworenen einfach nur langweilte. Als es vorüber war, wappnete ich mich, ehe ich den Umkleideraum betrat. Die Umkleideräume bei Gericht werden von allen Seiten genutzt und sind geflutet mit zweideutigem Geplänkel. Ich hatte dort sicherlich auch schon des Öfteren ausgeteilt. «Das war ein argumentativ ausgefeiltes Plädoyer» kann im Klartext durchaus «Das Plädoyer war langatmig und öde» bedeuten. «Sie Glückliche, den Fall haben Sie so gut wie gewonnen» heißt womöglich im Klartext: «Wenn Sie verlieren, sind Sie als Anwältin nicht zu gebrauchen.» – «Toll, wie Sie vorhin beim Verhör hin und her gesprungen sind!» lässt sich durchaus als «Ihr Kreuzverhör war völlig daneben» lesen.

Doch nach meinem Auftaktplädoyer kam die Vertreterin der Anklage, eine ältere, sehr erfahrene Kollegin, auf mich zu, um mir zu gratulieren. Sie sagte mir, wie selbstbewusst und überzeugend ich gewirkt hätte, lobte die gute Struktur meines Plädoyers, erwähnte die kraftvolle Metapher zu Beginn und die gelungene Zusammenfassung. Außerdem sagte sie mir, die Geschworenen hätten an meinen Lippen gehangen. Es ist natürlich möglich, dass sie sich das alles nur ausgedacht hatte, weil sie meinen Zustand bemerkte und nett sein wollte. Und obwohl ich auf dem Nachhauseweg immer noch an ihren Worten zweifelte, versuchte ich das, was sie zu mir gesagt hatte, aus anderer Perspektive zu betrachten. Ich konnte ihre Worte nicht einfach abtun, weil ich diese Kollegin respektierte und bewunderte. Die Einzelheiten ihrer Lobeshymne hatten (einigermaßen) plausibel geklungen, und sie hatte sich alle zweideutigen Komplimente über mich in Perücke und Robe gespart. Deshalb beschloss ich, ihre Worte als weitere, gültige Perspektive dessen zu betrachten, was vorhin im Gerichtssaal geschehen war.

Sie hatte mir ein Geschenk gemacht, mit dem ich nicht gerechnet hatte – ein ernst gemeintes Kompliment. Ich beschloss, mich darüber zu freuen. Ich nahm mir ihre Worte zu Herzen und holte den Satz, die Geschworenen hätten an meinen Lippen gehangen, jedes Mal aus meinem Gedächtnis hervor, wenn ich nervös war, und außerdem vor jedem Plädoyer. Dieser Satz hat mir immer Mut gemacht.

Hast du auch schon einmal erlebt, dass jemand, den du respektierst, sich an eine Situation, in der du im Mittelpunkt standest, völlig anders erinnerte als du? Vielleicht, indem sie oder er eine Stärke betonte, die dir nicht bewusst war, oder eine bedachte Reaktion erwähnte, die dir nicht aufgefallen war, oder eine Fähigkeit, die du an dir nie geschätzt hast?

Das funktioniert natürlich auch in die andere Richtung. Unerwartetes negatives Feedback kann sich anfühlen wie ein Schlag ins Gesicht. Mich hat mein Zahnarzt mal bei einer Vorsorgeuntersuchung auf meinen Zahnfleischschwund hingewiesen und mir prompt eine Überweisung zum Zahnfleischaufbau beim Parodontologen in die Hand gedrückt. Mir war mein schwindendes Zahnfleisch nie aufgefallen, aber von da an sah ich beim Blick in den Spiegel nichts anderes mehr. Übrigens nahm ich mir seinen Rat zu Herzen, ließ mein Zahnfleisch behandeln und habe heute Zähne, von denen ich nie wusste, dass ich sie wollte.

Einer Person zu sagen, wie du sie siehst, ist ein Akt der Liebe. Du hilfst diesem Menschen dadurch, seinen Blick auf sich selbst zu verändern, so wie diese wunderbare Anwaltskollegin es mit mir damals tat. Das kann großen Einfluss auf den Tag deines Gegenübers haben, manchmal sogar auf das ganze Leben.

Auch was dich selbst betrifft, existieren Perspektiven, die dir noch nie in den Sinn gekommen sind. Dinge, die andere in dir sehen, können dir helfen, den Blick auf dich selbst zu verändern, auch wenn es vielleicht nicht immer nach Lob klingt.

Allerdings gibt es Fallstricke. Nicht alle Menschen sind vertrauenswürdig, was ihre Kommentare betrifft. Sei wählerisch, auf wen du hörst und wessen Äußerungen du tatsächlich annimmst. Eine gute Frage, die du dir stellen solltest, könnte lauten: Hat dieser Mensch Charaktereigenschaften der Dunklen Triade? Möge mir die Weisheit gegeben sein, dies zu erkennen, und die Gelassenheit, es zu akzeptieren und alles aus dieser Richtung Kommende zurückzuweisen. Falls du dich durch Kommentare in irgendeiner Weise zurückgewiesen oder ratlos oder verzweifelt fühlst, ist der Fall erledigt. Wir alle verletzen einander ab und zu und sagen Dinge, die wir hinterher bedauern – das ist menschlich. Aber es darf nicht zur Regel werden. Die Äußerungen vertrauenswürdiger Menschen führen dazu, dass du dich besser fühlst. Vertrauenswürdige Menschen schenken dir Hoffnung, auch wenn das, was sie sagen, herausfordernd ist oder Kritik enthält.

Außerdem liegt auch hier die Entscheidung, welche Bemerkungen du annimmst, bei dir. Das gilt immer.

Eine weitere wertvolle Lektion, die ich vor Gericht gelernt habe, ist die Tatsache, dass Geschichten mehr Macht haben als Fakten. Ob Anklage oder Verteidigung, beide Seiten beziehen sich auf dieselben Zeugenaussagen, Polizeiberichte, Gesprächsprotokolle, gerichtsmedizinischen Beweise und Fotos. Egal, welche Seite mich beauftragt hatte, meine Aufgabe bestand darin, aus einem Berg an Fakten eine Geschichte zu stricken, eine Geschichte, die – wenn ich meinen Job gut machte – keinerlei Ähnlichkeit mit der Geschichte hatte, welche die Gegenseite erzählte.

Die Herausforderung bestand darin, die Fakten und das vorliegende Material so zu deuten, dass der oder die Beschuldigte in den Augen der Jury unschuldig oder schuldig *erschien*. Nehmen wir beispielsweise einen Raubüberfall. Die Anklage verließ sich auf die Tatsache, dass ein Messer gezückt und ein Mobiltelefon gestohlen wurde und dass mein Mandant vom Opfer identifiziert worden war. Die Frage, die ich mir als Strafverteidigerin stellen musste, lautete, wie ich mit diesen Fakten – Messer, Telefon und mein identifizierter Mandant – eine andere Geschichte erzählen konnte, eine Geschichte zugunsten meines Mandanten, eine Geschichte, deren Macht ausreichte, die Geschworenen zu einem Freispruch zu bewegen. Was hatte der Angeklagte mit dem vermeintlichen Messer gemacht? Gab es überhaupt ein Messer, oder handelte es sich in Wirklichkeit um einen Zollstock aus Edelstahl? War es zum fraglichen Zeitpunkt nicht schrecklich dunkel gewesen? Wie konnte das Opfer sich sicher sein, dass es der Angeklagte war? War er zum Tatzeitpunkt überhaupt vor Ort? Hätte es nicht auch jemand anders sein können? Welches Telefon? Sie irren sich. Geben Sie zu, Sie hegen Groll gegen den Angeklagten und haben sich das alles nur ausgedacht. Solche Dinge eben.

Die wichtigste Fähigkeit bestand darin, das Geschehene (die Fakten) zu benutzen, um die Geschichte auf eine neue und überraschende Weise zu erzählen, die womöglich noch nie jemandem in den Sinn gekommen war. Außerdem war allen Beteiligten klar, dass vor Gericht, genau wie im Leben, ein Mangel an Fakten kaum Einfluss darauf hat, wie überzeugend eine Geschichte gestaltet werden kann. Im Gegenteil, wenn die Anwält:innen auf beiden Seiten ihren Job beherrschen, haben die Geschworenen oft die wenig beneidenswerte Aufgabe, sich zwischen zwei völlig verschiedenen und gleichermaßen überzeugenden Geschichten zu entscheiden. Die eine endet mit einer Gefängnisstrafe für den Angeklagten, die andere mit Freispruch.

* * *

Jetzt bist du an der Reihe.

Du fungierst als Anwältin für beide Seiten. Pro und Kontra. Greif bitte zu Stift und Papier. Zeichne zwei Spalten. In die erste Spalte kommen die Fakten, die zur Verteidigung des unreifen Glaubenssatzes dienen. Und zwar ausschließlich die Fakten (keine Mutmaßungen, Meinungen oder Schlussfolgerungen). In der zweiten Spalte listest du sämtliche Fakten auf, die dagegensprechen. Und noch einmal: nur die Fakten, bitte.

Nehmen wir Nadias Geschichte als Beispiel. Nadias unreifer Glaubenssatz lautet, dass sie dumm ist. Unterstützt wird er von der Tatsache, dass sie im Alter von sechs Jahren den Schädelknochen nicht benennen konnte. Die Fakten, die dagegensprechen, sind ihre herausragenden Schulnoten, ihr Abschluss in Soziologie und ihre Führungsposition als Teamleiterin.

Alles, was Nadia zur Zementierung des unreifen Glaubenssatzes benutzte, war die Geschichte, die sie sich – wiederum ausgehend von diesem Glaubenssatz – zusammengereimt hatte: Alle sind klüger als ich. Weil ich nie die Antwort kenne, muss ich ständig fragen. Meine Verlobte ist klüger als ich. Mein Vater ist klüger als ich. Nadia verglich sich permanent mit anderen und zog dabei immer den Kürzeren.

Jetzt bist du dran. Stützen die Fakten tatsächlich die Geschichte, die du dir selbst erzählt hast? Versetz dich in die Position von Richter und Geschworenen. Wer gewinnt?

Meiner Erfahrung nach wird ein unreifer Glaubenssatz vor allem durch die Geschichte verstärkt, die rund um diesen Glaubenssatz herum gesponnen wird, und hat nur wenig mit den Fakten zu tun. Sobald du imstande bist, die Fakten von der Geschichte zu trennen, wird deutlich, dass dein unreifer Glaubenssatz eines der ersten Narrative deines Lebens kreierte, eines der Kernnarrative. Dementsprechend hartnäckig hält diese Geschichte sich. Aber – die Beweise, die du findest, um diesen Glaubenssatz anzufechten, bilden tatsächlich die Basis einer neuen, gereiften Überzeugung. Also bleib dran, sammele weiter Beweise für eine neue Überzeugung, schreib weiter an deiner neuen Geschichte, bis sie genauso hartnäckig ist wie ihre Vorläuferin. Entschuldigung? Welche Vorläuferin?

Wenn du deine eigene Geschichte vor Gericht dekonstruierst, übernimmst du damit wieder die Verantwortung für dein Narrativ. Dich selbst in deiner Geschichte aus verschiedenen Perspektiven zu betrachten, kann dir helfen, dein Selbstverständnis zu erweitern. Das wiederum bringt andere potenzielle Handlungsstränge ins Spiel. Deine Fähigkeit, schwierigen Stoff umzuschreiben, ist eine mächtige Waffe in deiner Verteidigung gegen den Herzschmerz.

Du kannst, sooft du willst, auf das Bild der Strafverteidigerin zurückgreifen, deinen Fall neu aufrollen und hartnäckige alte Denkmuster, die dir im Weg stehen, überführen.

Es ist entscheidend, dass du dich auf deinem Weg nach vorn auf dein neues Narrativ einstimmst. Fürs Erste ruf dir bitte deinen unreifen Glaubenssatz ins Gedächtnis und nimm dir ein paar Minuten Zeit, um weitere Glaubenssätze zu formulieren, die in etwa zur gleichen Zeit entstanden sind, damals im Kontext deines ersten Nestes. Dann wende dich deinen gereiften Überzeugungen zu und formuliere weitere Überzeugungen, die heute auf dich zutreffen. Stell dir diese beiden Selbstbilder als zwei unterschiedliche Radiosender vor. Verpass dem Sender mit den unreifen Glaubenssätzen einen schmissigen Namen, zum Beispiel Limit FM oder Back-In-The-Box-FM. Dieser Kanal sendet die Stimme der Anklage, sie hat ständig etwas an dir auszusetzen und möchte dich klein halten. Natürlich braucht auch der Sender mit den gereiften Überzeugungen einen Namen, etwas Motivierendes wie Ich-bin-ich-FM. Dieser Kanal steht für deine Verteidigerin. Schalte ihn ein, wann immer du merkst, dass ein unreifer Glaubenssatz oder eine alte Strategie sich zu Wort melden. Es ist äußerst wichtig, sich immer wieder auf die Frequenz dieses Senders zu begeben. Hier spricht dein weises Erwachsenen-Ich, also dreh die Lautstärke auf.

Übe dich darin, wahrzunehmen, wann welcher Sender läuft und auch wie unterschiedlich es sich jeweils anfühlt zuzuhören.

Lass dein weises und empathisches Erwachsenen-Ich ans Steuer, dreh Ich-bin-ich-FM voll auf. Es wird Zeit für eine neue Geschichte.

Du musst dich diesmal nicht auf die Geschichte deines gebrochenen Herzens beschränken, es sei denn, du willst es. Auch diesmal sind Länge, Stil und Tonfall ganz und gar dir überlassen. Deine Stimme ist einzigartig, sie gehört nur dir und besitzt mehr Macht als jede andere. Was andere Menschen denken, hat hier keinen

Platz. Hier gibt es weder Richtig noch Falsch, weder Besser noch Schlechter, denn nur du kannst deine Geschichte erzählen.

Wir möchten, dass du dich mit folgenden Fragen auseinandersetzt. Reflektiere dabei die Einsichten, die du über dich selbst gewonnen hast, über den Menschen, der dir das Herz gebrochen hat, über deine Bindungsmuster und -entwürfe, über die Dynamiken deines ersten Nests und über deine neuen Perspektiven. Behalte dein Navigationssystem in der Hand und nimm Kontakt zu deinem weisen, empathischen Ich auf. Und: Akzeptiere alles, was kommt, radikal.

> Was hast du durchgemacht?
> Mit welchen Bewältigungsstrategien ist dir das gelungen?
> Welche Strategien hast du angewandt, um bis jetzt auf der sicheren Seite zu bleiben?
> Wie wird dein weiterer Weg aussehen?

Kapitel 19

Szene V

Es war einmal

GEMÜTLICHES WOHNZIMMER. ABENDS.

Das Feuer flackert im Kamin, und alle Frauen haben Platz genommen. In der Gruppe herrscht ein Gefühl von Verbundenheit, die Atmosphäre ist lebhaft. Die Frauen wirken verändert. Stirnpartien haben sich geglättet, das Lächeln auf den Gesichtern ist breiter und herzlicher geworden, in den Augen funkelt es. Sie alle wirken lebendiger und machen einander Komplimente. ALICE sagt, dies sei der Heartbreak-Hotel-Bonus-Botox-Effekt, und alle lachen. IRENE, den Arm lässig über die Sofalehne gelegt, sagt, sie hätte das Gefühl, ihr ganzes Gehirn sei gebotoxt worden. ROBYN wirkt konzentriert und hellwach. ESHE lächelt entspannt, die Hände ruhig im Schoß. LIN und NADIA strahlen souveräne Präsenz aus, sie haben im wahrsten Sinne des Wortes ihren Platz eingenommen. ALICE und RUTH wenden sich an LIN.

LIN — Okay, los geht's. Mein Vater starb bei einem Verkehrsunfall. Er war auf dem Weg, mich von der Turnstunde abzuholen. [*Sie holt tief Luft, bekommt einen Hustenanfall.*] Von da an musste meine Mutter sich allein um uns kümmern, und ich als Älteste übernahm viele Pflichten. Auch wenn meine Mutter immer ein tapferes Gesicht aufsetzte, wusste ich, wie traurig sie war. Als ihr Bruder schließlich immer öfter zu uns kam, um sie zu unterstützen, blühte sie auf. Wir blühten alle auf. Doch dann wollte er plötzlich am liebsten mit mir allein sein, und wilde Toberei verwandelte sich in Berührungen und Streicheln. Ich erzählte niemandem etwas davon, weil ich dachte, es wäre meine Schuld. Ich dachte, es wäre die Strafe dafür, dass ich meinen Vater umgebracht hatte, denn hätte er mich nicht vom Turnen abholen müssen, wäre er noch am Leben. Ich war verwirrt, und weil ich meinen Onkel liebte und meine Mutter und weil die beiden sich auch liebten und es ihn offensichtlich glücklich machte, was wiederum sie glücklich machte, hielt ich den Mund. Aber ich glaube, sie wusste Bescheid – musste sie doch, oder? Und deshalb dachte ich, es wäre okay. Aber es war nicht okay. Insgeheim habe ich all die Jahre meiner Mutter die Schuld gegeben und ihr das in meiner Vorstellung immer wieder zum Vorwurf gemacht und sie dafür verurteilt. [*Lin laufen die Tränen übers Gesicht.*] Vielleicht war es wichtig für mich, ihr die Schuld daran zu geben, als ich damals zu Hause auszog, um mich selbst dafür zur rechtfertigen, wie ich es hatte zulassen können, und um mit der Tatsache an sich zurechtzukommen. Ich weiß es nicht ... Aber eines weiß ich jetzt: Es war nicht meine Schuld.

[*Pause.*]

Und es war auch nicht die Schuld meiner Mutter. Es war einzig und allein die Schuld meines Onkels.

[*Pause.*]

Wie ich es geschafft habe? Ich habe es bewältigt, indem ich hart gearbeitet habe und möglichst oft die Erste war, um das Gefühl von Wertlosigkeit zu verdrängen. Aber wie gut ich auch war oder wie viele Medaillen und Urkunden ich auch gewonnen habe, ich fühlte mich nie gut genug. Nichts konnte mich von dem Gefühl der Leere und Wertlosigkeit befreien, das ich als Kind gefühlt habe. Nicht, dass sich jemand dafür interessiert hätte. Ich rannte und rannte bis zur völligen Erschöpfung und kam doch nicht vom Fleck. Bis heute kannte ich keine anderen Bewältigungsstrategien. Jetzt erst fange ich an zu glauben, dass ich vielleicht doch wertvoll bin. Ich werde mich in Zukunft besser um mich kümmern, so, wie ich mich auch um andere kümmere ... und die Medaillen können mir gestohlen bleiben.

[*Pause.*]

Dem Schlappschwanz bin ich direkt in die Arme gelaufen, weil er sogar noch mehr Preise gewonnen hatte als ich und ich dachte, das würde ihn zu einem besonders guten Menschen machen. Er war ehrgeizig und charmant und kam aus einer guten Familie, mit der auch meine Familie einverstanden war. Die viele Aufmerksamkeit, die er mir schenkte, machte mich blind für die vielen Alarmzeichen. Ich lernte ihn nach einem Vortrag über Anästhesie kennen, den er im Krankenhaus gehalten hatte. Ich weiß noch, dass mich noch am selben Abend eine Krankenschwester gewarnt hatte. Sie sagte, er sei ein Schwein, aber ich hörte nicht auf sie und ließ mich völlig von ihm bezirzen. Eines Abends packte er mich auf der Verlobungsfeier einer Freundin an den Haaren und tat es am nächsten Tag als Witz ab. Ich glaubte ihm, auch wenn mein Bauchgefühl mir etwas anderes sagte. Er war eifersüchtig und neigte zu Gewaltausbrüchen, und das war damals schon genauso inakzeptabel wie heute – nur wollte ich es einfach nicht wahrhaben. Danach gab es viele weitere Vorfälle wie diesen, aber ich fühlte mich einfach so sehr zu ihm hingezogen und glaubte felsenfest, dass wir füreinander bestimmt waren. Wir hatten doch so viel gemeinsam, und meine Familie war doch so begeistert von ihm. Ich war nicht in der Lage, ihn zu sehen, wie er wirklich ist. Dank der Dinge, die ich hier über mich lernen durfte, wird mein weiterer Weg so aussehen:

[*Pause.*]

Ich werde mich nie wieder in einen Mann wie ihn verlieben. Bis ich hierherkam, dachte ich, mit mir würde etwas nicht stimmen. Ich dachte, ich wäre zwar gut in meinem Job, aber in Sachen Beziehungen einfach unfähig – ich glaube, irgendwie betrachtete ich es als eine Art ausgleichende Gerechtigkeit: Weil ich als Radiologin so gut war und als Ärztin so glücklich, hatte ich in der Liebe kein Glück verdient. Man kann schließlich nicht alles haben, stimmt's? Irgendwie so. Ich dachte, ich hätte nicht mehr verdient als die paar Brocken Liebe und Zuneigung, die der Schlappschwanz mir zuwarf, wenn ich ihn anbettelte wie ein hungriger Hund. Ich habe keine Erfahrung, wie es sich anfühlt, bei einem Partner in Sicherheit zu sein, aber ich bin fest entschlossen, es herauszufinden. Vielleicht entwerfe ich eine Tabelle oder entwickle eine App oder lasse mir von potenziellen Partnern zumindest einen Fragebogen beantworten. Vielleicht kann Nadia mir dabei helfen. [*LIN zwinkert NADIA zu, alle lächeln.*] Da gibt es übrigens einen wunderbaren Mann, den ich noch aus dem Studium kenne. Er ist Kinderarzt. Er ist zwar nicht so charismatisch wie der Schlappschwanz, aber vielleicht finde ich bei ihm die Sicherheit, nach der ich gesucht habe. Doch als Erstes muss ich den Schlappschwanz aus der Wohnung werfen. [*ALLE applaudieren.*] Vor diesem Retreat hätte ich ihn geheiratet, wenn er mich gefragt hätte. Jetzt ist mir klar, dass ich gerade noch mal davongekommen bin. [*ALLE jubeln und lachen.*]

[*Pause.*]

Ich habe ihn die ganze Zeit entschuldigt. Mehr noch, ich habe sein Verhalten durch mein Schweigen und meine Unterwerfung überhaupt erst möglich gemacht. Und dabei habe ich die ganze Zeit mir selbst die Schuld gegeben, mir und meiner Mutter, obwohl mein Onkel auf der Anklagebank sitzen müsste, und der Schlappschwanz gleich daneben. Meine Mutter mag zwar nicht perfekt sein, aber ich weiß, dass sie mit ihren eigenen Dämonen zu kämpfen hat und auf ihren schmalen Schultern die Erwartungen ganzer Generationen lasten. Vielleicht kann sie das nächste Retreat im Heartbreak Hotel besuchen. Ich finde, alle Frauen aus meiner Familie sollten hierherkommen. Über alles zu schweigen, was der Schlappschwanz und mein Onkel mir antaten, hat zu viel Scham geführt. Ich habe gelernt,

196   Teil III   Die Zukunft

dass der einzige Weg zur Heilung darin besteht, die Dinge auszusprechen. Indem ich über das, was mir damals zugestoßen ist und was mir bis heute zustößt, spreche, erobere ich mir die Hoheit über meine Zukunft zurück und verbanne die Scham. Robyn hat mir gezeigt, dass eine einzige mutige Handlung Wellen auslöst und dass diese Wellen haushoch werden können, wenn wir gemeinsam aufstehen und die Dinge artikulieren – und das, was ich über den Schlappschwanz zu sagen habe, reicht für einen Tsunami.

[*Pause.*]

Sobald ich wieder zu Hause bin, werde ich zwei Anrufe tätigen. Als Erstes rufe ich meine Mutter an. Und dann bei der Polizei. Nichts von alldem war meine Schuld, und ich werde keine einzige Minute meines kostbaren Lebens mehr vergeuden, indem ich so tue, als ob. [*LIN lächelt durch ihre Tränen, ALLE applaudieren.*]

IRENE   Ich bin schrecklich lange schrecklich vorsichtig gewesen. Meine Vorsicht ist schuld daran, dass ich immer noch in der Kleinstadt lebe, in der ich aufgewachsen bin. Meine Vorsicht hat dazu geführt, dass ich einen Mann wie Stan geheiratet habe, von dem ich mich nicht mal sexuell angezogen fühlte. Aber er war die sichere Wahl. Na ja, dachte ich jedenfalls immer. Inzwischen weiß ich, dass ich in seinem Schatten gelebt habe und er einen sehr langen Schatten warf. Er war ebenfalls vorsichtig. Vorsichtig mit mir. Vorsichtig mit Geld. Vorsichtig mit seinen Gefühlen. Ich will ihn nicht schlechtmachen, er war ein guter Mensch. Er hat sich nie betrunken. Er hat mich nie geschlagen …

Aber er wollte auch, dass ich auf meinem Platz blieb, und es gefiel ihm nicht, wenn ich mich erhob und für mich einstand. Und wisst ihr was? Er tat immer, was er wollte, und ging, wohin auch immer er wollte, und dass er seine Firma aufbauen konnte, hatte er nur mir zu verdanken. Das ist die Wahrheit. Ich glaube, das hätte alles schon in meiner ersten Geschichte stehen müssen, aber ich kann eben jetzt erst wirklich ehrlich zu mir sein. Mein Leben war gut, mir hat es nie wirklich an etwas gemangelt, und ich dachte immer, Stans Verhalten wäre ein kleiner Preis dafür. Aber jetzt glaube ich, vielleicht war das alles doch ein bisschen teurer als gedacht. Ich weiß es nicht. Wir waren auf unsere Weise glücklich, aber für mich bedeutete Glück vor allem Vorsicht und mich sicher zu fühlen. Auch als Mutter war ich vorsichtig, und meine Vorsicht hat mir weder meine Söhne noch meine Tochter nahegebracht. Ganz im Gegenteil. Heute leben sie am anderen Ende der Welt. Vielleicht hat sie meine Vorsicht vertrieben, weil sie das Gefühl hatten zu ersticken. Wer weiß. Meine Vorsicht hat mich auch nicht davor bewahrt, verraten zu werden. Meine Vorsicht hat mir keine Sicherheit geschenkt und mich nicht vor Schmerz bewahrt.

[*Pause.*]

Seit ich weiß, wie ich die Lautstärke dieses alten, wohlvertrauten Senders drosseln und auf einen neuen, viel netteren und klügeren umschalten kann – der in seinem Programm übrigens kein bisschen vorsichtig ist und sich radikaler Akzeptanz verschrieben hat –, sehe ich die Dinge anders und kann meine Geschichte neu erzählen …

[*Pause.*]

Es war einmal ein kleines Mädchen. Die Kleine hat ihrer Mama geholfen, auf ihren kleinen Bruder aufgepasst und war immer fröhlich und vergnügt. Sie liebte es, auf Bäume zu klettern und durch die Gegend zu rennen, und besaß regelrechten Abenteuergeist. Ihr Papa war oft verreist, und dann war ihre Mama immer traurig. Aber das kleine Mädchen dachte: *Wenn ich mir nur ganz viel Mühe gebe, kann ich meine Mama wieder froh machen, und dann ist sie glücklich, und alles wird wieder gut.* Nichts machte das kleine Mädchen so glücklich, wie seine Mama lachen zu sehen. Und weil die Kleine so tüchtig war, bekam sie von ihrer Mama immer größere Aufgaben übertragen. Sie ging mit ihrem kleinen Bruder in den Park und kochte. Die Kleine liebte ihre Aufgaben, weil sie so gerne Mama spielte und immer so tun konnte, als wäre ihr kleiner Bruder ihr Baby. Das gehörte alles mit zu ihrem Abenteuer. Als die Mama Geburtstag hatte, wollte das kleine Mädchen ihr eine Freude bereiten. Aber die Kleine konnte die Mutter nicht aus dem Bett bekommen, und sie verstand nicht, dass es daran lag, dass die Mutter Depressionen hatte, und sie nichts damit zu tun hatte. An dem Tag hätte die Kleine ihren Bruder fast mit dem kochenden Wasser aus dem Kessel getötet. Sie kam zu dem Schluss, dass sie ein schlechter Mensch sein musste. Sie stellte fest, dass die Welt gefährlich war, dass alles beängstigend war und es sehr wichtig war, immer vorsichtig zu sein, damit alle in Sicherheit waren.

[*Pause.*]

Es war ihr egal, dass sie es vermisste, auf Bäume zu klettern und auf dem Fluss zu paddeln, denn je vorsichtiger sie war, desto weniger ging schief. Vorsichtig zu sein, funktionierte. Ihr kleiner Bruder wurde nicht noch einmal verletzt. Nur sein vernarbtes Gesicht erinnerte sie jeden Tag daran, wie nah er dem Tod gewesen war. Irgendwann fing auch ihre Mama wieder an, mit ihr zu sprechen. Das kleine Mädchen vermisste zwar seine Abenteuer, aber dafür waren alle in Sicherheit, und die Kleine gab den Traum auf, Entdeckerin zu werden. Sie kam zu dem Schluss, dass ein Leben voller Abenteuer eine schlechte Idee war, weil ständig Unfälle passieren und weil man sehr, sehr vorsichtig sein muss, damit keine schlimmen Dinge geschehen.

[*Pause.*]

Das kleine Mädchen wuchs heran und entfernte sich nie weit von zu Hause. Als sie ein großes Mädchen war, heiratete sie den zuverlässigsten und solidesten Jungen ihrer Schule. Und sie gab sich große Mühe, nie mit ihrem Mann zu streiten, seine Herabwürdigungen herunterzuschlucken und immer vorsichtig zu sein – auch mit ihren Gefühlen und vor allem mit ihrem Temperament. Sie war so gut darin, dass sie völlig vergaß, dass sie überhaupt ein Temperament hatte. Sie vergaß, dass sie Gefühle hatte. Als ihr Mann starb, war sie vorsichtig mit ihrer Trauer, bemühte sich, sie nicht zu sehr zu zeigen, um ihre erwachsenen Kinder nicht zu beunruhigen. Sie war vorsichtig, und sie war einsam. Und weil sie nicht an sich glaubte und nie wirklich ein Sexualleben gehabt hatte, war sie, als Luzifer plötzlich auf der Bildfläche erschien, von seiner Aufmerksamkeit wie geblendet und ließ alle Vorsicht fahren. Weil sie ihn liebte, hätte sie alles für ihn getan, und deshalb gab sie ihm auch das Geld für seinen Bruder. Sie war außer sich vor Wut, als sie rausfand, dass er sie betrogen hatte. Sie war doch immer so vorsichtig gewesen. Sie konnte nicht verstehen, dass ausgerechnet ihr etwas so Schreckliches passiert war. Bis sie eine Zeitreise unternahm und dem kleinen Mädchen begegnete, das sie einst gewesen war. Sie stand neben ihr und ihrem schwer verletzten Bruder und dem Wasserkessel auf dem Küchenboden, nahm die Kleine bei der Hand und sagte ihr, dass es nicht ihre Schuld war, dass nichts von alldem ihre Schuld gewesen war. [*Ihre Stimme zittert, ihr kommen die Tränen.*]

[*Pause.*]

Die Wahrheit lautet, dass erst der Verrat durch Luzifer diese Einsicht überhaupt möglich gemacht hat. Er kann das Geld behalten. Ich bin endlich frei. Vielleicht bin ich inzwischen etwas zu alt, um auf Bäume zu klettern, aber vielleicht auch nicht ... [*Jubelrufe erklingen.*]

[*Pause.*]

Das wirklich Gute daran, immer so vorsichtig zu sein, ist, dass Stan und ich auch in Sachen Geld sehr vorsichtig waren, und er verdiente nicht schlecht. Luzifer hat mich zwar um eine ziemlich große Summe betrogen, aber ich muss kein Haus mehr abzahlen und habe immer noch mehr als genug zum Leben – wenn ich vorsichtig bin. Das war ein Witz! Ich werde dieses Wort nie wieder in den Mund nehmen. Statt einer Fluchkasse richte ich mir eine «Vorsichts-Kasse» ein, und sobald ich etwas Vorsichtiges tue oder aus Versehen doch wieder «Vorsicht» sage, wandert ein Pfund in die Kasse. Und dann mach ich von dem Geld etwas absolut Unvorsichtiges. Ich habe endgültig die Nase voll. Ich wollte irgendwie immer schon nach Indien, aber ich habe den Gedanken nie wirklich verfolgt. Schließlich ist es nicht besonders vorsichtig, zum Trekking in den Himalaja zu reisen. [*Jubel.*] Vielleicht hat meine Freundin Claire ja Lust, mich zu begleiten. Ich frage sie, sobald ich wieder zu Hause bin. [*NADIA stößt Wolfsgeheul aus.*]

[*Pause.*]

Ich begebe mich auf ein Abenteuer. Ich hatte meinen Abenteuergeist wegen eines Unfalls aufgegeben, der nichts mit mir zu tun hatte. Deshalb: Erster Halt Indien, und dann reise ich weiter zu meinen Enkelkindern nach Australien, und dort unternehme ich mit ihnen etwas sehr Wagemutiges und Wildes. Meine Söhne werden mich nicht wiedererkennen. Ich habe mir auch noch nicht wirklich Gedanken über konkrete Reisepläne gemacht, weil ich darauf vertraue, dass alles gut wird. Mit mir wird alles gut sein. Mit uns allen wird alles gut sein. [*ALLE applaudieren; ALICE schaut NADIA an und nickt.*]

NADIA Rückblickend betrachtet, ist mir klar, was für ein Glück ich hatte, so gute Eltern und keine Geschwister zu haben, vor allem, wenn ich mir anhöre, was ihr alle so durchgemacht habt – nichts für ungut! [*Sie lächelt ironisch.*]
Aber ich glaube auch, weil meine Eltern gute Menschen

sind und meine Sexualität akzeptieren, habe ich die Tatsache schöngefärbt, dass es andere Dinge gab, die mich daran hinderten, mich vollständig zu entwickeln. Ich hätte nie gedacht, dass viel zu fragen problematisch sein könnte, aber inzwischen weiß ich, dass ich meine Fragen wie einen Schutzschild vor mir hergetragen habe, damit mir nur ja niemand zu nahe kommt und herausfindet, wie dumm ich in Wirklichkeit bin. Außerdem habe ich die Antworten oft gar nicht richtig mitbekommen. Sie sind oft von mir abgeprallt, weil nicht Neugier mein Antrieb war, sondern Angst. Ich habe Fragen gestellt, um mich dahinter verstecken zu können, und verstehe jetzt erst, dass das der Grund ist, warum ich immer Probleme hatte, eine echte Verbindung aufzubauen. Die Leute mochten mich, weil meine Fragen ihnen das Gefühl gaben, etwas Besonderes zu sein, und die Eiskönigin fühlte sich zu mir hingezogen, weil ich offensichtlich alles, was sie sagte oder tat, interessant fand. Ich glaube, ich habe ihr das Gefühl gegeben, wichtig zu sein, was wahrscheinlich ihr Thema ist – als jemand aus einer chaotischen Familie, in der sie meistens ignoriert wurde. Meine Fragen schenkten ihr das, was sie als Kind nie erlebte – das Gefühl von Wertschätzung. Aber sobald die rosarote Phase vorbei war, interessierte sie sich nicht mehr für mich, und wir schafften es beide nicht, die ursprüngliche Chemie zwischen uns neu zu beleben. Unsere Beziehung war eine typische Kreuzung aus einsamer Wölfin und Klammeräffchen. Nach der ersten intensiven Phase fing sie an, sich zurückzuziehen, sobald ich in ihre Nähe kam, und je verzweifelter ich versuchte, ihr nahe zu sein und sie zu mir zurückzuholen, desto weiter entfernte sie sich von mir. Irgendwann spielten wir nur noch schrä-

ge Töne und konnten die gemeinsame Melodie nicht wiederfinden, sosehr wir es auch versuchten.

[*Pause.*]

Ich bin mit dem, was passiert ist, nicht ausgesöhnt. Mein
Herz ist immer noch gebrochen, ich will ihr das, was sie
getan hat, nicht verzeihen und bin sehr froh, dass ich hier
nie dazu aufgefordert wurde. Ich will nicht, und es wird
auch nicht passieren. Was mir jedoch inzwischen möglich ist, ist, meinen Anteil am Scheitern unserer Beziehung zu akzeptieren. Wegen meiner Probleme, offen und
frei zu kommunizieren, und meiner Angst, für dumm gehalten und deshalb zurückgewiesen zu werden, hatte ich
keinerlei Strategien, als es anfing, zwischen uns schwierig zu werden. Ich verlangte immer verzweifelter nach ihrer Aufmerksamkeit, anstatt zu akzeptieren, dass sie vielleicht einfach ihren Freiraum brauchte. Ich bin dankbar dafür, dass mir das inzwischen klar ist, weil ich jetzt
weiß, was notwendig ist, um mich weiterzubewegen und
mit meiner künftigen Frau eine gute Beziehung aufzubau-
en. Meine Werte werden mich auf den richtigen Kurs lenken. Mein Fleiß wird meine berufliche Karriere voranbrin-
gen, die nur deshalb stagnierte, weil ich Angst hatte. Meine Leidenschaft wird mich anfeuern. Indem ich mich von
meiner Leidenschaft leiten lasse, werde ich herausfinden,
wie ich tatsächlich ticke. Dann der Mut – ich will mich für
Dinge einsetzen, auch wenn ich vielleicht Angst habe. Und
der vierte Wert bezieht sich darauf, die Fülle in mein Leben einzuladen, weil ich ein Leben führen möchte, das
randvoll ist.

[*Pause.*]

Ich war ein einsames Kind und habe mir das weder mir selbst gegenüber noch meiner Familie jemals eingestanden. Ich habe viel Zeit mit Lesen verbracht und viel allein in meinem Zimmer gespielt. Das war mein Zufluchtsort, hier war ich sicher und glücklich. Und mein Zimmer kann immer noch meine Zuflucht sein, solange ich auch in der Lage bin, zu anderen ehrlich und aufrichtig zu sein und mich vor niemandem zu verstecken. Es gibt eine andere Stimme in mir, die nicht leise ist und ständig Fragen stellt. Diese Stimme war hinter dem Vorhang lebenslanger Glaubenssätze versteckt, die eine Sechsjährige erschuf, die nie wieder beschämt werden wollte, weil sie eine Antwort nicht wusste. Diese andere Stimme ist laut und deutlich und selbstbewusst, wenn auch ein wenig eingerostet. Also: Das bin ich. Ich bin begabt und klug und habe eine Stimme.

ALICE   Ja, Nadia, das bist du. Robyn, wir sind froh, dass du gestern nicht abgereist bist, sondern immer noch bei uns. Bist du bereit?

ROBYN   Ja. Und ich möchte mich bei euch bedanken, weil ihr mich nicht rausgeworfen habt. Meine Güte, gestern! Das fühlt sich an wie vor einem Jahrhundert. Ich bin froh, dass ich geblieben bin. Jetzt, wo mein Werte-Navi mir den richtigen Weg weist, werde ich in all meinen Beziehungen die Verbundenheit feiern. Auf meine körperliche und mentale Gesundheit achten. Mich am Alltäglichen erfreuen. Ein Leben in Integrität führen und zu meinem Wort stehen. Das sind meine Werte, und ich liebe sie alle.

[*Pause.*]

Der wichtigste Wert ist für mich Verbundenheit. Ich möchte wieder eine engere Verbindung zu meinen Töchtern herstellen. Ich weiß jetzt, dass ihre schlechte Meinung von mir eine Folge meiner Sucht ist. Aber ich bin nicht meine Sucht. Sie war meine Bewältigungsstrategie. Ich werde mich in Selbstmitgefühl üben und mich nicht länger dafür runtermachen. Ich werde meine Töchter um Vergebung bitten, und ich werde mir selbst vergeben. Ich werde die Verantwortung für mein Handeln übernehmen, wieder zu den Anonymen Alkoholikern gehen und jeden Tag so nehmen, wie er kommt. Diesmal wird es anders sein, weil ich jetzt euch habe, mit eurer Hilfe werde ich auf dem richtigen Weg bleiben. Außerdem habe ich durch diese Arbeit so viel gelernt, ich weiß mehr und bin auch weiser geworden. Ich kann mich melden, wenn ich mal wieder zitternd und schwitzend um drei Uhr morgens aufgewacht bin. Dann liest Lin es vielleicht in der Nachmittagspause und Eshe, während sie den Kindern Frühstück macht. Was ich damit meine, wir alle sind immer nur eine Textnachricht voneinander entfernt. Das ist doch ein wunderbarer Gedanke, oder nicht? Was für ein Geschenk.

[*Pause.*]

Ich bin bei den Anonymen Alkoholikern gescheitert, weil meine unreifen Glaubenssätze lauteten, dass die Welt unfair ist, dass alle mich hassen, dass ich mich lächerlich mache und meine Gefühle unwichtig sind. Um mit alldem umzugehen, habe ich mich von allen zurückgezogen. Ich habe völlig dichtgemacht. Ich dachte, so könnte man mir nicht die Schuld geben oder mich verletzen. Aber obwohl ich mich von allen isolierte, gab man mir weiter die Schuld, und ich verletzte mit der Trinkerei mich selbst und meine Töchter. Ihr seid die Ersten, denen ich das erzähle.

[*Pause.*]

Wie ihr wisst, haben mein Mann und ich uns in Südfrankreich ein Haus für den Ruhestand gekauft. Aber wenn ich ehrlich bin, war ich während meiner ganzen Ehe nur halb da. Ich habe nach der Geburt unserer ersten Tochter angefangen zu trinken. Ich litt an einer postnatalen Depression und habe mich selbst behandelt, aber das ist keine Entschuldigung. Ich hatte Angst, um Hilfe zu bitten. Ich hielt mich immer für unabhängig, dabei war ich in Wirklichkeit co-abhängig, und der Alkohol war mein Komplize. Meine Töchter haben etwas Besseres verdient, und ich auch. Ich weiß, dass ich in einem unsicheren Nest groß geworden bin, aber lasse nicht zu, dass mich das noch länger definiert. Ja, mein Bruder war ein Tyrann, aber er hatte es auch nicht leicht. Das ist mir inzwischen klar.

[*Pause.*]

Was Voldemort betrifft, ja, die traurige Wahrheit lautet, er hat mich verlassen, um eine Liebe mit mehr Seelenverwandtschaft zu finden. Gott, seine Midlifekrise ist so ein Klischee! Aber ich war meistens wie abgekoppelt, und deshalb konnte es zwischen uns keine echte Intimität geben. Auf sämtliche Bitten, mit ihm zu kuscheln, habe ich reagiert, indem ich schnurstracks davongerannt bin, oft mit einer Flasche Wodka in der Tasche. Er hat mich schrecklich behandelt, und für sein Verhalten gibt es keine Entschuldigung. Mich unmittelbar nach meiner Diagnose zu verlassen, ist kalt und brutal. Ich habe trotzdem das Gefühl, dass ich den größten Verrat an mir selbst begangen habe. Dieser Wahrheit endlich ins Gesicht zu sehen, wird mich jetzt retten und nicht die Versöhnung mit einem Arschloch von Mann, der mich verlassen hat, als ich ihn am dringendsten gebraucht hätte. Zum Schluss möchte ich dir gerne noch etwas sagen, Lin. [*ROBYN wendet sich LIN zu, LIN legt sich die Hand aufs Herz und lächelt sie an.*]

[*Pause.*]

Du bist der Grund, weswegen ich umgedreht bin. Als du uns von deinem Onkel erzählt hast, ist mir plötzlich mein eigener Missbrauch wieder eingefallen. Ich hatte ihn seit Ewigkeiten verdrängt und tief in mir vergraben. Ich hatte fast vergessen, dass es überhaupt passiert war. Ich habe getrunken, damit es nicht wieder an die Oberfläche steigen konnte. Ich hatte schreckliche Angst vor den Gefühlen, die diese furchtbaren Erinnerungen in mir wecken würden. Also bin ich in mein Auto gestiegen und gefahren. Aber dann musste ich an dich denken. Ich wollte auf keinen Fall, dass du dich schämst, weil du das, was dir zugestoßen ist, so mutig mit uns geteilt hast, oder dass du denkst, es wäre zu viel für mich gewesen. Deshalb bin ich zurückgekommen. Und euch allen habe ich zu verdanken, dass ich nicht zur Flasche gegriffen habe, als ich wieder in meinem Zimmer war. [*Sie greift in die Handtasche, holt eine ungeöffnete Flasche Gin heraus und stellt sie mit zitternden Händen auf den Tisch.*]

[*Pause.*]

Lin, ich danke dir für das unglaubliche Geschenk, das du uns gemacht hast. Deine Verletzbarkeit wurde zu meinem Mut. Du bist der Grund, weshalb auch ich meine Geschichte erzählt habe.

[*LIN steht auf, geht zu ROBYN, und die beiden umarmen sich. Als alle wieder sitzen, wendet sich ALICE an ESHE.*]

ESHE   Robyn, ich habe an diesem Wochenende so viel von dir gelernt. Meine Eltern waren beide Alkoholiker. Sie hatten aufreibende Jobs, machten beide andauernd Überstunden, und ich hatte ständig die Verantwortung. Sie waren wegen ihrer Trinkerei oft unzugänglich oder grundlos wütend. Ich musste ständig auf der Hut sein und hatte viel zu große Angst, sie um Hilfe zu bitten. Ich habe erkannt, dass meine Ängstlichkeit mit meiner Kindheit zu tun hat. Bei uns ging es laut und chaotisch zu, und es gab einen ständigen Kampf um Mums Aufmerksamkeit.

[*Pause.*]

Als Robyn von ihren Töchtern erzählte, von deren Misstrauen und davon, dass sie ihnen immer die Schuld gab, musste ich an meine Eltern denken. Bei uns war es auch so – sie gaben mir die Schuld, wenn Dinge schiefliefen, Dinge, die in ihrer Verantwortung lagen, nicht in meiner.

Ich danke dir, Robyn. In dem Moment, als du uns gesagt hast, dass du Alkoholikerin bist, ist mir klar geworden, dass das auch auf meine Eltern zutrifft. [*ESHE und RO-BYN nicken sich zu.*] Und ich mache ihnen keine Vorwürfe, und auch sonst niemandem. Mein Vater dachte, im Vergleich zur Wut seines Vaters wäre seine Wut harmlos. Der hatte ihm mal mit einem Ast den Arm gebrochen. Mein Vater erzählte uns diese Geschichte, um sich damit für seine Gewalt uns gegenüber zu rechtfertigen. Er nahm nie einen Stock oder Gürtel oder Schuh – *Ihr wisst ja gar nicht, wie gut ihr es habt* –, solche Sachen sagte er zu uns. Keine Ahnung, wie die Eltern seines Vaters waren, aber wenn ich raten müsste, würde ich sagen, sie waren auch nicht die Besten, und ich mache auch ihnen keine Vorwürfe. Was hätte das für einen Sinn? Nach dem Tod meiner Mutter wurde die Trinkerei meines Vaters noch schlimmer, und er entfernte sich immer weiter von uns und von sich selbst. Jetzt ist mir klar, dass sich darin das Verhalten meines Ehemanns in unserer Ehe spiegelt und dass nichts davon meine Schuld ist.

[*Pause.*]

Ich habe immer wieder versucht, dem Sackgesicht Honig um den Bart zu schmieren – Gott, wie das klingt!

[*Allgemeines Kichern.*]

Ich tat alles, was ich konnte, um ihm Lust zu bereiten, aber es war nie genug. Zwischen uns konnte es gar nicht funktionieren. Er wird nie für irgendwen der Richtige sein, weil niemand ihn befriedigen kann. Ich hasse den Ausdruck *Sexsucht* – für mich klingt das immer nach einer von Männern erfundenen Ausrede, um ihre sexuelle Gier zu rechtfertigen – aber vielleicht ist ja doch was dran. Wir hatten ständig Sex, und trotzdem war er die ganze Zeit online und in echt mit diesen anderen Frauen zugange. Selbst wenn wir es zweimal am Tag gemacht hätten, hätte er eine Möglichkeit gefunden, mich zu betrügen. Trotz allem, was gewesen ist, habe ich mich in meinem Leben noch nie so frei gefühlt wie jetzt, in diesem Augenblick.

[*Pause.*]

Da, wo ich herkomme, wurde nicht über Gefühle gesprochen. Alle waren viel zu sehr mit Überleben beschäftigt. Aber meine Gefühle waren trotzdem immer da. Nur weil ich keinen Namen dafür hatte und es weder Zeit noch Raum dafür gab, heißt das nicht, dass sie nicht existierten. Ich versuchte, vor meinen Gefühlen wegzulaufen, weil ich permanent Angst hatte, von ihnen kontrolliert zu werden. Aber das ist jetzt nicht mehr nötig. Die Erfahrung, dass ich die Gefühle kommen lassen kann, weil ich weiß, dass sie wieder vergehen werden, war für mich eine Offenbarung. Ich werde in Zukunft meinen Gefühlen mehr vertrauen und darauf lauschen, was meine Wut mir sagen will.

[*Pause.*]

Ich gehöre zu den Wankelmütigen, aber mich haut jetzt nichts mehr um. Das weiß ich. Sobald ich merke, dass ich mich gegen das, was gerade passiert, wehre, ziehe ich meine chinesische Fingerfalle aus der Tasche, um mich daran zu erinnern, wie Loslassen geht. Ich danke euch sehr dafür, dass ihr mir den Weg gezeigt habt und die grüne Zone für mich wart, die ich so dringend brauchte. Als ich hierherkam, dachte ich, ich würde das Sackgesicht immer noch lieben und könnte unsere Kinder unmöglich alleine großziehen. Ich hatte gehofft, auf diesem Retreat genug Kraft zu finden, um ihm zu verzeihen und ihn zurück in unser Leben zu lassen. Jetzt ist mir klar, wie weit ich mich von mir selbst entfernt hatte. Auf dieser Reise mit euch großartigen Frauen bin ich endlich angekommen – nicht an dem Ziel, das ich mir vorgestellt hatte, sondern zu Hause. Zu Hause bei mir. Ja, ich habe ein gebrochenes Herz, aber ich bin endlich aus dem Gedankenkarussell ausgestiegen und frage mich nicht mehr ständig, warum er früher so lieb zu mir war und warum es gekippt ist. Von den Fesseln der Selbstanklage befreit, spüre ich, wie meine Lebensgeister zurückkehren. Ich werde mich aus der Asche meines Verlustes erheben, und meine Kinder werden sich mit mir erheben. Denn wenn ich keine Angst davor habe, auf mich gestellt beherzte Schritte zu tun, haben sie keine Angst, mir zu folgen. Ich weiß jetzt, wer ich bin, und vielleicht brauchen wir alle nicht mehr zu wissen als das. Mein Name ist Eshe, und ich bin wichtig.

ALICE   Liebe Leserin, bist du bereit, uns deine neue Geschichte zu erzählen?

Kapitel 20

Du hast die Wahl

Waldbrände vernichten das Unterholz, welches das Sonnenlicht vom Waldboden fernhält – Sonnenlicht, das es neuen Pflanzen ermöglicht, auf der Asche alter Pflanzen zu wachsen. Feuer ist ein Zerstörer, der Wachstum befördert und sowohl Pflanzen als auch Tieren neue Möglichkeiten gibt, Kraft zu gewinnen. Wie sich rausstellt, leistet selbst ein so zerstörerisches Ereignis wie ein Waldbrand einen unverzichtbaren Beitrag zur Gesundheit des Waldes.

Dein gebrochenes Herz ist so ein Waldbrand, und in der Asche deines Verlusts keimen bereits die Samen neuen Wachstums. Damit der kostbare Same der Hoffnung Wurzeln schlagen kann, ist es unverzichtbar anzuerkennen, dass der Brand geschehen ist. Tag für Tag, Stunde für Stunde, Minute für Minute immer wieder neu zu akzeptieren – radikal –, dass dein Herz gebrochen wurde. Es war nicht deine Wahl, und du kannst nichts mehr daran ändern, aber du hast jetzt die Wahl. Diese neuen Wahlmöglichkeiten besitzen die Kraft, die verbrannte Erde deiner Seele in den Geburtsort deiner Hoffnung zu verwandeln.

Mit welchen Szenarien und Fragestellungen hast du aktuell zu kämpfen? Wir möchten dich einladen, diese aufzuschreiben und in eine bestimmte Reihenfolge zu bringen. Am einen Ende stehen die Herausforderungen, über die du am wenigsten Kontrolle hast, und am anderen Ende diejenigen, über die du die meiste Kontrolle hast. Hier ein paar Beispiele aus dem Kreis deiner Gefährtinnen:

Er holt die Kinder nie pünktlich ab.

Wird er mich dazu bringen auszuziehen?

Kommt er zu mir zurück?

Reiche ich die Scheidung ein?

Liebt er mich noch?

Bei den Szenarien, die am unkontrollierbaren Ende stehen, lass das Seil los. Und für all jene Szenarien, auf die du Einfluss hast, notier dir alternative Handlungsoptionen, die dir möglich erscheinen. Wenn du drei realistische Optionen gefunden hast, laden wir dich ein, dich für die Möglichkeit zu entscheiden, die mit deinen Werten am ehesten in Einklang ist, und den ersten Schritt in diese Richtung zu unternehmen.

Es gibt eine weitere Möglichkeit, die Geschehnisse in unserem Leben in einen Rahmen zu setzen: die Bedeutung, die wir dem Erlebten zuschreiben. Vom Augenblick unserer Geburt an besteht unsere Aufgabe darin, unseren Erfahrungen Bedeutung zu verleihen, und das trotz der Ungewissheit, ob sie überhaupt Bedeutung besitzen. Wir geben unserer Erfahrung Sinn, um uns zu verankern und in unserem Leben einen gewissen Grad an Stimmigkeit und Vorhersehbarkeit zu schaffen. *Wozu sind wir hier?*, lautet die vielleicht größte existenzielle Frage der Menschheit, und bis jetzt hat noch niemand eine allgemeingültige Antwort darauf gefunden.

Manche sagen, wir erfüllen den Willen Gottes; andere wiederum sagen, wir folgen Schritt für Schritt dem Weg der Evolution. Ohne allgemeingültige Wahrheit stehen wir selbst in der Verantwortung, unserem Leben Sinn zu geben. Dabei bedeutet Sinn nicht einfach die Reaktion auf unsere Erfahrung. Sinn erschafft die Erfahrung. Es ist die Fähigkeit unseres Geistes, dasselbe Bild auf unterschiedliche Weise zu deuten, immer im Spiegel der Perspektive, die wir gerade wählen.

Hier ein paar Beispiele für Deutungsvarianten, falls die Person, die dir das Herz gebrochen hat, untreu war:

Er ist sexsüchtig.
Sie ist eine Narzisstin und nur auf ihr eigenes Vergnügen aus.
Er hat mich verlassen, weil ich unattraktiv bin.
Die Welt ist ungerecht; viele tolle Frauen werden betrogen.
Es hätte nie passieren dürfen. Mein Leben ist zerstört.

Dies gilt nicht nur für die großen Dinge. Auch bei Alltagsproblemen haben wir, was die Deutung betrifft, die Wahl. Sagen wir, er oder sie ruft nicht zurück. Du könntest diese Tatsache auf unterschiedlichste Weise deuten. Hier ein paar Beispiele, die du gerne ergänzen darfst:

Meine Nachricht kam nie an.
Ich bin hässlich/fett/dumm.
Er hasst mich.
Sie will mich bestrafen.
Ich bin ihm egal.
Sie ist gerade mit ihr im Bett.
Ich bin nicht liebenswert.
Er ist ein narzisstischer Vollidiot.

Die Bedeutung, die du dem Geschehenen beimisst, beeinflusst die Gefühle, die es in dir auslöst. Die Deutungshoheit liegt bei dir. Immer.

Kapitel 21

Ein mächtiger Wind

Selbst ein winziger Schritt, den du jetzt tust, kann sich auf für dich unvorstellbare Art und Weise auf dein Leben auswirken. Aus der Chaostheorie wissen wir, dass das Ergebnis jedes Prozesses untrennbar mit seinem Ausgangspunkt zusammenhängt, auch wenn beides auf den ersten Blick nichts mehr miteinander zu tun hat: In Brasilien schlägt ein Schmetterling mit den Flügeln, und diese winzige Luftdruckänderung löst in Texas irgendwann einen Taifun aus.

Das gilt auch für dich – und für alle Frauen. Was zählt, ist der nächste Schritt, den du tust. Den jede von uns tut – auf unvorhersehbare Weise. Vielleicht ist der Weg, der vor dir liegt, noch nicht sichtbar. Manchmal haben wir das Gefühl, von dichtem Nebel umgeben zu sein, und können nur das sehen, was direkt vor uns liegt – das ist okay, denn über den nächsten Schritt hinaus müssen wir nichts wissen. Wenn du aus deiner gereiften Überzeugung heraus handelst, bewegst du dich in Richtung Hoffnung. Wenn du aus Mitgefühl und Mut heraus handelst, bewegst du dich in Richtung Selbstvertrauen. Wenn du in Einklang mit deinen Werten handelst, bewegst du dich in Richtung Bestimmung und Freude. Du bist das Wagnis eingegangen, zu erforschen, wer du bist. Du hast es gewagt, dich deiner tiefsten Verletzlichkeit zu stellen, und du hast es gewagt loszulassen. Wissen mag Macht sein, aber Einsicht ist Alchemie.

Behalte das Foto deines jüngeren Ichs in deiner Nähe. Sieh die

Kleine immer wieder an, erinnere dich an ihre Träume und kümmere dich um ihre Bedürfnisse. Entledige dich der alten, beschämenden Glaubenssätze, die sie verinnerlicht hat. Sie waren nie für dieses Mädchen bestimmt und auch nicht für dich. Du verdienst liebevolle Zuwendung, Respekt und Liebe, und das gilt auch für dein jüngeres Ich.

Sich von seinem Umfeld nicht herabwürdigen zu lassen, ist ein Akt des Widerstands – du bist genauso viel wert wie irgendwer, und du bist mehr, als du jemals dachtest.

Du musst all dies nicht alleine tun. Wenn Frauen sich in tiefer Empathie verbinden und einander zuhören, geht von diesem Akt der Einheit und Liebe eine starke Botschaft aus – dass wir zusammenstehen. Auf diese Weise bauen wir einander auf. Wenn du leidest, denk daran, dass es anderen auch so geht. Geh in Verbindung. Indem wir zusammenkommen und uns einander in unserer Verletzlichkeit zeigen, verbinden wir die Punkte unserer Erfahrung und reichen einander die Hände. Mach dich auf die Suche nach deinen Leuten. Es ist die Gemeinschaft, die dich tragen wird. Während du auf deinem Weg vorangehst, beherzigst du alles, was du gelernt hast, steh dafür ein und teile deine Erfahrungen mit anderen – es ist für alle relevant. Verbinde dich mit anderen und werde sichtbar. Verschenkt eure Liebe, steht füreinander ein und teilt eure Geschichten.

Unsere Hoffnung ist, dass du dich zu einem Denken und Handeln entscheidest, das dich wachsen lässt. Dass du nur Verantwortung für das übernimmst, was du selbst unter Kontrolle hast. Dass du die Definitionen anderer mit Vorsicht genießt, falls du dich davon als Frau herabgewürdigt fühlst. Dass du im Einklang mit deinen Werten handelst. Dass du dir die Zeit nimmst, die du brauchst – vielleicht weniger, als du glaubst, aber mehr, als du dir zugestehst. Dass du das Seil loslässt oder gar nicht erst aufnimmst.

Dass du für Behaglichkeit sorgst, lachst, sooft du kannst, und niemals vergisst, dich zwischendurch kurz hinzulegen.

Du hast jetzt das nötige Rüstzeug an der Hand. Mach immer nur den nächsten Schritt, und ehe du dich's versiehst, wirst du dich an einem Ort wiederfinden, den du dir niemals erträumt hättest. Zu wissen, wo das sein wird, liegt nicht an uns. Was wir aber wissen, ist, dass dir viele Möglichkeiten offenstehen, und im Rahmen dieser Möglichkeiten liegt deine Hoffnung.

Stell dir vor:

Die Kraft und die Verletzlichkeit aller Frauen auf der ganzen Welt würden wie eine riesige Schar Stare durch die Lüfte kreisen, in perfekter Einheit die wunderschönsten Muster formend. Stell dir den Luftdruck vor, den dieser Vogelflug verursachen würde. Nichts wäre je wieder, wie es war. Die generierte Kraft würde all jene emporreißen, die jetzt noch auf Knien sind, und ihnen zeigen, dass sie wichtig sind, genau wie du.

Mach dich bereit, spreize die Flügel ... ein mächtiger Wind ist im Anflug.

Epilog

Nadia wurde zur Leiterin der Personalabteilung einer internationalen Organisation befördert und zog nach New York, wo sie sich inzwischen zusammen mit ihrem niedlichen Kätzchen ein Zuhause geschaffen hat. Sie genießt es, mehr Fragen zu beantworten, als sie stellt.

Irenes letztes Update in der WhatsApp-Gruppe bestand aus einem Foto von ihrer Raftingtour auf dem Sambesi.

Lin ist in einer Beziehung mit dem Kinderarzt. Sie weiß es noch nicht, aber heute Abend, wenn er sie zum Geburtstagsessen ausführt, wird er ihr einen Heiratsantrag machen. Solltest du dir bezüglich seines Bindungsmusters Sorgen machen, keine Angst, er ist ein sicherer Hafen. Lins Mutter wird übrigens die Trauzeugin sein.

Eshe arbeitet neben ihrer Dozentinnentätigkeit an ihrer Doktorarbeit. An den Wochenenden leistet sie gemeinsam mit ihrer ältesten Tochter Freiwilligenarbeit im örtlichen Frauenhaus.

Robyns Unaussprechlicher lebt mit dem Mosaikfliesenmann, den er auf Santorini kennenlernte, in Frankreich. Sie hat wieder regelmäßig Kontakt zu ihren Töchtern und hat nie wieder getrunken.

Und du? ... Wie geht es dir?

Dank

Unser ganz besonderer Dank richtet sich an viele Menschen:

Angefangen bei unserer persönlichen Heldin und großartigen Agentin Chandler Crawford und dem ganzen Team bei Transatlantic Literary Agency, die unser Buch in die Welt getragen haben.

Unseren gleichermaßen akribischen wie einfühlsamen Lektorinnen auf beiden Seiten des Großen Teichs – Elizabeth Mitchell und Louise McKeever – und unserer unglaublichen Verlegerin Lisa Milton, die uns durch den gesamten Entstehungsprozess begleitet hat. Sie gehört zu den, nun ja, sagenhaftesten Frauen auf Erden.

Unserer brillanten Agentin Cahtryn Summerhayes, einem wahren Kraftpaket, und dem gesamten Team von Curtis Brown.

Der Lektoratsassistentin Ghjulia Romiti, der Redakteurin Shari Black und der Korrektorin Helena Caldon für den scharfen Blick, mit denen sie das Manuskript geschliffen und poliert haben. Maria Nilsson für die tollen Illustrationen.

Unseren Freundinnen und Freunden von nah und fern fürs Zuhören, für Ratschläge, für die unglaubliche Unterstützung und fürs Anfeuern.

Unseren Familien – vor allem Jean-Paul, Sonny, Isla, Olly, Rufus und Sebastian – für die Unterstützung bei unseren Schreibreisen, dafür, dass ihr nie den Glauben verloren habt und uns auf alle erdenkliche Weise immer wieder inspiriert in allem, was wir tun.

Wir danken uns gegenseitig für die vielen gründlichen Überlegungen, fürs Immer-wieder-Umschreiben, dafür, dass wir uns immer weiter gegenseitig angespornt haben, immer noch mehr zu geben, auch wenn wir beide dachten, es wäre endgültig alles Pulver verschossen, und für johlendes Gelächter bei jedem einzelnen Schritt dieses gemeinsamen Weges, auch wenn wir wieder einen unserer Lieblinge opfern mussten.

Wir bedanken uns bei den Frauen aus aller Welt, die sich mit uns und dem Heartbreak Hotel verbunden und eines unserer Retreats besucht haben. Ihr seid der Grund, weshalb wir heute hier stehen. Hört nicht auf zu leuchten, damit auch andere leuchten können.

Anmerkungen

Einführung

1 Kristina Coop Cordon, Donald H. Baucom und Douglas K. Snyder, «An Integrative Intervention for Promoting Recovery from Extramarital Affairs», Journal of Marital and Family Therapy 30, Ausg. 2 (April 2004): 213–231

2 Michael Linden, «Posttraumatic Embitterment Disorder», Psychotherapy and Psychosomatics 72, Nr. 4 (Juli/August 2003): 195–202, doi.org/10.1159/000070783

3 N. Padmavathi, T.S. Sunitha und G. Jothimani, «Post Infidelity Stress Disorder», Indian Journal of Psychiatric Nursing 5, Nr. 1 (2013): 56–59, doi.org/10.4103/2231-1505.261777

4 Victoria Williamson, Dominic Murphy, Andrea Phelps, David Forbes und Neil Greenberg, «Moral Injury: The Effect on Mental Health and Implications for Treatment», The Lancet Psychiatry 8, Nr. 6 (2021): 453–455

5 Timothy R. Levine, Duped: Truth-Default Theory and the Social Science of Lying and Deception (Tuscaloosa: Univ. Alabama Press, 2020)

6 Rowena Pagdin, Paul M. Salkovskis, Falguni Nathwani, Megan Wilkinson-Tough und Emma Warnock-Parks, «I Was Treated like Dirt»: Evaluating Links between Betrayal and Mental Contamination in Clinical Samples», Behavioural and Cognitive Psychoterapy 49, Nr. 1 (2021): 21–34, doi.org/10.1017/S1352465820000387

7 Brian D. Earp, Olga A. Wudarczyk, Bennett Foddy und Julian Savulescu, «Addicted to Love: What Is Love Addiction and When Should It Be Treated?», Philosophy, Psychiatry, Pschology 24, Nr. 1 (März 2017): 77-92, doi.org/10.1353/ppp.2017.0011

8 Dean Takahashi, «Ashley Madison: Affairs in the Time of Coronavirus», Venture Beat, 28. März 2020, venturebeat.com/2020/03/28/ashley-madison-affairs-in-the-time-of-coronavirus/

9 «Ashley Madison User, Growth And Cheating Statistics (2022)», RelationshipAdvice.co, zuletzt modifiziert am 11. August 2023, relationshipsadvice.co/ashley-madison-statistics/

10 Kristina Coop Gordon und Erica A. Mitchell, «Infidelity in the Time of COVID-19», Family Process 59, Nr. 3 (September 2020): 956–966, doi. org/10.1111/famp.12576

11 Benjamin Warach und Lawrence Josephs, «The Aftershocks of Infidelity: A Review of Infidelity-Based Attachment Trauma», Sexual and Relationship Therapy 36, No. 1 (2019): 68–90, doi.org/10.1080/14681994.2019.1577961

12 Howard E. LeWine, «Broken-Heart Syndrome (Takotsubo Cardiomyophathy)», Harvard Health Publishing: Harvard Medical School, 13. Juni 2023, https://www.health.harvard.edu/heart-health/takotsubo-cardiomyopathy-broken-heart-syndrome

13 Communications Team, «First Treatment for ‹Broken Heart Syndrome› Trialed», University of Aberdeen, 29. Juni 2022, https://www.abdn.ac.uk/ news/16140/

14 Ilan S. Wittstein, «Why Age Matters in Takotsubo Syndrome», Journal of the American College of Cardiology, 75, Nr. 16 (April 2020): 1878–1881, https://doi.org/10.1016/j.jacc.2020.03.030; Howard E. LeWine, «Broken-Heart Syndrome», siehe oben

15 Monica Li, Christopher N. Nguyen, Olga Toleva, Puja K. Metha, «Takotsubo Syndrome: a Current Review of Presentation, Diagnosis and Management», Maturitas 166 (Dezember 2022): 96–103, https://doi.org/10.1016/j.maturi tas.2022.08.005

16 Victoria L. Cammann, Konrad A. Szawan, Barbara E. Stähli, Ken Kato et al., «Age-Related Variations in Takotsubo Syndrome», Journal of the American College of Cardiology 75, Nr. 16 (2020): 1896–1977, https://doi.org/10.1016/j. jacc.2020.02.057

17 Hyo-Weon Suh, Ki-Beom Lee, Sun-Yong Chung, Minjung Park, Bo-Hyoung Jang, Jong Woo Kim, «How Suppressed Anger Can Become an Illness: A Qualitative Systematic Review of the Experiences and Perspectives of Hwabyung Patients in Korea», Frontiers in Psychiatry 12 (2021): 637029, https://doi.org/10.3389/fpsyt.2021.637029

18 Sara Wallström, Kerstin Ulin, Sylvia Määttä, Elmir Omerovic, Inger Ekman, «Impact of Long-Term Stress in Takotsubo Syndrome: Experience of Patients», European Journal of Cardiovascular Nursing 15, Nr. 7 (Dezember 2016): 522–528, https://doi.org/10.1177/1474515115618568

Kapitel 2: Deine Geschichte

1   Stephen J. Lepore, Melanie A. Greenberg, Michelle Bruno, Joshua M. Smyth, «Expressive Writing and Health: Self-Regulation of Emotion-Related Experience, Physiology and Behavior», in The Writing Cure: How Expressive Writing Promotes Health and Emotional Well-Being, Hrsg. Stephen J. Jepore und Joshua M. Smyth (Washington DC, American Psychological Association 2002): 99–117, https://doi.org/10.1037/10451-005

2   Deborah Siegel-Acevedo, «Writing Can Help Us Heal from Trauma», Harvard Business Review, 1. Juli 2021, https://hbr.org/2021/07/writing-can-help-us-heal-from-trauma

3   Joanne Frattaroli, «Experimental Disclosure and Its Moderators: A Meta-Analysis», Psychological Bulletin 132, Nr. 6 (2006): 823–865, https://doi.org/10.1037/0033-2909.132.6.823

4   Die Metapher «Den Anker werfen» stammt aus Russ Harris, The Happiness Trap: How to Stop Struggling and Start Living (Umhlanga Rocks, South Africa: Trumpeter Books, 2008)

Kapitel 4: Rumination

1   Namiko Kamijo und Shintaro Yukawa, «The Role of Rumination and Negative Affect in Meaning Making Following Stressful Experiences in a Japanese Sample», Frontiers on Psychology 9 (November 2028): 2404, https://doi.org/10.3389/fpsyg.2015.01335

2   Samantha M. Jones und Erin A. Heerey, «Co-Rumination in Social Networks», Emerging Adulthood, 10, Nr. 6 (2022): 1345–1360, https://doi.org/10.1177/21676968221111316

3   Matthew Brooks, Nicola Graham-Kevan, Michelle Lowe und Sarita Robinson, «Rumination, Event Centrality und Perceived Control as Predictors of Post-Traumatic Growth and Distress: the Cognitive Growth and Stress Model», British Journal of Clinical Psychology 56, Nr. 3 (September 2017): 286–302, https://doi.org/10.1111/bjc.12138

4   Thomas F. Denson, «The Multiple Systems Model of Angry Rumination», Personality and Social Psychology Review 17, Nr. 2 (2023), 103–123, https://doi.org/10.1177/1088868312467086

5   Ebenda.

6   Die Metapher «Das Tigerbaby» entstammt Steven C. Hayes, Get Out of Your

Mind and Into Your Life: The New Acceptance and Commitment Therapy
(Oakland, CA: New Harbinger Publications, 2005)

7 Die Metapher «Die chinesische Fingerfalle» entstammt ebenfalls Steven C.
Hayes, Get Out of Your Mind, siehe auch Anmerkung 6

Kapitel 5: Szene II

1 Adaptiert aus Paul McKenna, Instant Influence and Charisma: Master the Art
of Natural Charm and Ethical Persuasiveness (London, Bantam, 2015)

Kapitel 6: Radikale Akzeptanz

1 Jeffrey Brantley, Jeffrey C. Wood und Matthew McKay, The Dialectical
Behavior Therapy Skills Workbook (Oakland, CA: New Harbinger, 2007)

2 Die Metapher «Der Troll und das Loch» entstammt Steven C. Hayes, Get Out
of Your Mind and Into Your Life: The New Acceptance and Commitment
Therapy (Oakland, CA: New Harbinger Publications, 2005)

Kapitel 8: Bindungsentwürfe

1 Jill Sakai, «How Synaptic Pruning Shapes Neural Wiring during
Development and, Possibly, in Disease», PNAS 17, Nr. 28: 16096–16099,
https://doi.org/10.1073/pnas.2010281117

2 «Harlow's Classic Studies Revealed the Importance of Maternal Contact»,
Association for Psychological Science, 20. Juni 2018,
https://www.psychologicalscience.org/publications/observer/obsonline/har-
lows-classic-studies-revealed-the-importance-of-maternal-contact.html

3 John Bowlby, Attachment, zweite Auflage (New York, Basic Books, 1982),
deutsche Ausgabe: Bindung als sichere Basis, Deutsch von Axel Hillig und
Helene Hanf (München, Ernst Reinhard Verlag, 5. Auflage, 2021)

4 Dieser Begriff bezieht sich auf den bekannteren Begriff sicherer Bindungstyp.

5 Dieser Begriff bezieht sich auf den bekannteren Begriff vermeidender
Bindungstyp.

6 Dieser Begriff bezieht sich auf den bekannteren Begriff ängstlicher Bindungstyp.

7 Dieser Begriff bezieht sich auf den bekannteren Begriff desorganisierter
Bindungstyp.

8   Jeffry A. Simpson und W. Steven Rholes, «Adult Attachment, Stress and Romantic Relationships, Current Opinion in Psychology 13 (Februar 2017): 19–24, https://doi.org/10.1016/j.copsyc.2016.04.006

Kapitel 9: Die Dunkle Triade

1   Monica A. Koehn, Ceylan Okan und Peter K. Jonason, «A Primer on the Dark Triad Traits», Australian Journal of Psychology, 71, Nr. 1 (2019): 7–15, https://doi.org/10.1111/ajpy.12198

2   Lawrence, Josephs, «Fatal Attractions: The Dark Triad and Infidelity», aus The Dynamics of Infidelity: Applying Relationship Science to Psychotherapy Practice (Washington DC, American Psychological Association, 2018): 89–111, https://doi.org/10.1037/0000053-005

3   Grant Hilary Brenner, «11 Ways People Try to Hide Their Infidelity: 5. Use Friends for Coverage», Psychology Today, 9. Januar 2022, https://www.psychologytoday.com/gb/blog/experimentations/202201/the-top-11-ways-people-try-hide-infidelity

4   Timothy R. Levine: Duped: Truth-Default Theory and the Social Science of Lying and Deception (Tuscaloosa: Univ. Alabama Press, 2020)

Kapitel 13: Macht und Scham

1   Joanne L. Bagshaw, The Feminist Handbook (Oakland, CA: New Harbinger, 2019)

Kapitel 15: Emotionale Regulation

1   Adaptiert nach Paul Gilbert, The Compassionate Mind (London, Constable, 2010)

2   I. Jarero und L. Artigas, «The EMDR Integrative Group Treatment Protocol: EMDR Group Treatment for Early Intervention following Critical Incidents», European Review of Applied Psychology 62, Nr. 4 (Oktober 2012): 219–222, https://doi.org/10.1016/j.erap.2012.04.004

3   Wikipedia, «Francine Shapiro», letzter Aufruf am 19. August 2023, 15:14, https://en.wikipedia.org/wiki/Francine_Shapiro

Kapitel 16: Werte

1 Die Metapher «Der schäbige Zug» entstammt: Jill A. Stoddard und Niloofar
Afari, The Big Book of ACT Metaphors: A Practicioner's Guide to Experimental Exercises and Metaphors in Acceptance and Commitment Theory (Oakland, CA: New Harbinger Publications, 2014), deutsche Ausgabe: Metaphern
und Übungen für die ACT-Arbeit, Deutsch von Hildegard Höhr und Theo
Kierdorf (Lichtenau, G.P. Probst Verlag, 2016)

Kapitel 17: Neue Perspektiven

1 Die Übung «Treibende Blätter» entstammt ebenfalls: Jill A. Stoddard und
Niloofar Afari, The Big Book of ACT Metaphors: A Practicioner's Guide to
Experimental Exercises and Metaphors in Acceptance and Commitment
Theory (Oakland, CA: New Harbinger Publications, 2014), deutsche Ausgabe:
Metaphern und Übungen für die ACT-Arbeit, Deutsch von Hildegard Höhr
und Theo Kierdorf (Lichtenau, G.P. Probst Verlag, 2016)

Maxine Mei-Fung Chung
What Women Want

Sieben Geschichten über Begehren, Macht und Liebe

Ein faszinierender Einblick in die weibliche Seele und die Arbeit einer Psychotherapeutin

368 Seiten

Terri steht kurz vor der Hochzeit mit ihrem Verlobten, doch sie flüchtet sich immer wieder in One-Night-Stands mit Frauen. Warum? Tia erlebte schon als Kind, als ihr Vater ihre Mutter betrog, dass weiße Frauen scheinbar liebenswerter sind als schwarze. Als Erwachsene versucht sie, sich neu zu erfinden – doch zu welchem Preis? Agatha, zweimal geschieden, verliebt sich mit 67 Jahren zum ersten Mal in ihrem Leben. Wozu benötigt diese vermeintlich glückliche Frau so spät in ihrem Leben noch eine Therapeutin? Maxine Mei-Fung Chung erzählt auf brillante Weise die Geschichten von sieben Frauen, die sie in den letzten fünfzehn Jahren begleitet hat. Sieben unterschiedliche Frauen, sieben individuelle Geschichten, die eins verbindet: die besondere, intime Beziehung zur Autorin. Feinfühlig und empathisch beleuchtet Mei-Fung Chung die Bedürfnisse und Sehnsüchte ihrer Protagonistinnen und zeigt in der Zusammenschau auf, was Frausein heute bedeutet und was Frauen wollen.

Weitere Informationen finden Sie unter **rowohlt.de**

Dr. Julie Smith
Aufstehen oder liegen bleiben?

Tools für deine mentale Gesundheit

Ist das schon eine Depression oder nur schlechte Laune? Wie gehe ich mit Stress und wie mit Ängsten um? Wie kann ich mein Selbstwertgefühl stärken und wie Motivation finden, wenn mir bereits das Aufstehen schwerfällt? Basierend auf jahrelanger Erfahrung als klinische Psychologin teilt Dr. Julie Smith Ideen, Einsichten und Techniken, die bereits das Leben vieler ihrer Klienten verändert haben – und uns allen helfen können.

368 Seiten

Ihr Buch ist ein Mental-Health-Toolkit, mit Werkzeugen für die verschiedensten Herausforderungen des Lebens, für Resilienz in schweren Zeiten und die tagtägliche Verbesserung unserer mentalen Gesundheit.

Weitere Informationen finden Sie unter **rowohlt.de**

Jay Shetty
8 Rules of Love
Vom Finden, Bewahren und Loslassen der Liebe

Ein hochmoderner Ratgeber über die Liebe in all ihren Facetten – ein Thema für die Ewigkeit

Niemand bringt uns bei, wie die Liebe geht. Romantische Filme, Serien, Bücher und Lieder beeinflussen zwar unser Denken und Fühlen, doch oft genug stellen wir fest: Wir haben eigentlich keine Ahnung. Bis jetzt. Frei von Überhöhung und Klischees zeigt uns Jay Shetty einen Weg auf, wie wir unsere Gefühle besser

384 Seiten

verstehen und nachhaltiger lieben. Basierend auf alten Weisheiten ebenso wie neuesten psychologischen Studien erläutert er, wie wir Liebe finden und pflegen und auch nach ihrem Ende weitermachen können. In seinem umfassenden Ratgeber widmet sich Jay Shetty der Liebe in all ihren Facetten: von der Selbstliebe über erste Dates, das Zusammenziehen und Gründen einer Familie bis hin zum Beenden einer Beziehung und dem Neuanfang nach gescheiterter Liebe. In seinen 8 Rules of Love finden wir für jeden Beziehungsstatus den richtigen Rat und lernen nach und nach, uns selbst, unsere Partner:innen und die Welt besser zu lieben, als wir es je für möglich gehalten haben.

Weitere Informationen finden Sie unter **rowohlt.de**